한낮에도 별빛 가득 품은 밤하늘처럼
찬란한 시냇물을 바라볼 시간이 없다면
얼마나 가여운 인생인가
근심으로 가득 차
잠시 멈춰 서 바라볼 시간이 없다면

– 헨리 데이비드 소로

겸손해져라.
그것은 다른 사람에게
가장 불쾌감을 주지 않는 종류의 자신감이다.

_쥘 르나르

무위란 아무것도 안 하는 상태가 아니다.
무슨 일이든 할 수 있는 자유로운 상태가 무위다.

_플로이드 델

작은 변화가 일어날 때
진정한 삶을 살게 된다.

_톨스토이

《不慌不忙, 人生慢慢来》
作者： 慈怀读书会
Chinese Edition Copyright ⓒ2021 by China South Booky Culture Media Co.,LTD.
All Rights Reserved.
KoreanTranslationCopyrightⓒ2022 by DAVINCIHOUSE Co.,Ltd.
Korean edition is published by arrangement with China South Booky Culture Media Co.,LTD.
through EntersKoreaCo.,Ltd.

조금 서툴더라도
네 인생을 응원해

조금 서툴더라도 네 인생을 응원해

펴낸날 2022년 11월 20일 1판 1쇄

엮은이_자회독서회
옮긴이_정은지
펴낸이_김영선
책임교정_이교숙
교정교열_나지원, 남은영, 이라야
경영지원_최은정
디자인_바이텍스트
일러스트_다즈랩
마케팅_신용천

펴낸곳 (주)다빈치하우스-미디어숲
주소 경기도 고양시 일산서구 고양대로632번길 60, 207호
전화 (02) 323-7234
팩스 (02) 323-0253
홈페이지 www.mfbook.co.kr
이메일 dhhard@naver.com (원고투고)
출판등록번호 제 2-2767호

값 16,800원
ISBN 979-11-5874-169-3 (03800)

조금 서툴더라도 —— 네 인생을 응원해

방황하지 않고 나만의 리듬으로 살아가기

자회독서회 엮음 — 정은지 옮김

미디어숲

어떤 삶이든 잘 살아가라

3년 전에 저는 막 만으로 서른 살이 되었고, 10여 년을 살았던 베이징에서 상하이로 이사를 왔습니다. 당시 미혼이었던 저는 소녀 같은 순진함과 도도함, 세상의 이상주의에 대해 숭배하는 마음이 있었습니다. 자회독서회를 통해 많은 작가들과 함께 책을 읽고 글도 쓰고 느낀 점을 나누며 술잔을 기울이고 싶었습니다. 이러한 소원이 소박하지만, 과연 이루어질까 싶었는데 생각지도 못하게 지금까지 이어지고 있습니다.

제가 주최하는 '여성 성장 독서회'에서는 저자를 초청하기도 하고 책을 낭독하며 느낀 점을 나누기도 합니다. 또한 작가와 친구들을 초대해 하나의 주제를 놓고 글을 쓴 뒤 모음집을 내기도 했습니다. 많은 작가와 학자들을 인터뷰하고 다양한 사람들을 만나고, 매력적인 인생들에 대해 글을 썼습니다. 이런 경험 덕분에 저는 인생을 더욱 소중하게 여기고, 삶 자체를 경외하게 되었습니다. 이렇게 공유하고, 기록하고, 출판을 꾸준히 하는 것은 남다른 의미가 있습니다.

이번에도 제가 특히 좋아하는 작가들과 함께 책 한 권을 출판하게 되었습니다. 각자가 추구하는 삶의 방식, 원하는 삶의 모습을 주제로 글을 모았습니다.

"글쓰기는 자유롭게 다른 사람의 인생에서 느낀 점이나 망상을 쓸 수도 있습니다. 우리는 삶에 어떤 제한을 둘 필요도 없고, 조급해할 필요도 없습니다. 천천히 인생을 살아도 됩니다."

이런 제 얘기가 몇몇 작가들을 고무시켰나 봅니다. 독서회 한 회원의 말이 또렷이 생각납니다.

"망상, 전 참 좋아합니다. 꿈이나 이상적인 삶에 관해서만 쓴다면 이루어지지 못할 유토피아적인 느낌이 들 수도 있습니다. 하지만 저는 글을 쓰면서 스스로에 대한 이해가 깊어지고 제가 원하는 삶에 대한 기대가 생길 수 있을 것 같습니다. 글을 써 내려가는 그 순간에 비로소 제 내면의 열망을 알게 되는 거지요."

　사람은 반드시 경험이 쌓이고 시간이 흐르면서 묵직해집니다. 다소 버겁거나 감당할 책임이 커지더라도 저는 그 느낌을 거부하지 않습니다. 이것이 바로 삶의 의미라고 생각합니다. 만약 제가 전보다 더 과묵해졌거나 좀 더 온화하게 조언한다면, 그것이야말로 제가 바라는 모습입니다. 우리는 모두 자신에게 좀 더 시간과 기회를 주어 다른 관점으로 힘든 상황을 다시 바라볼 수 있습니다.

　아직 얻지 못한 것 때문에 실망하거나 이미 지나간 일 때문에 괴로워하고 후회하고 있나요? 아무리 현실이 혹독하더라도 '세상에 얻을 것은 아무것도 없고, 아무것도 소용없다.'라고 생각하지 마세요. 사람은 각자 자신만의 능력으로 세상을 더 아름답게 만들 수 있습니다.

중국 문학계의 거장 왕쩡치는 일찍이 생활고로 어려웠던 적이 있었습니다. 그는 현실에 불만이 가득했고 가난에서 벗어날 길이 보이지 않던 차에 마침 서양의 모더니즘 작품을 읽게 되었고, 그 뒤 냉소적인 태도로 인생에 대해 비관적인 글을 쓰기 시작했습니다. 그의 스승인 중국의 대문호 션충원은 즉시 그에게 편지를 썼습니다.

　"절대 냉소적으로 되지 마라. 어떠한 역경 앞에서도 인생에 대한 사랑을 잃어버려서는 안 된다. 인간과 일에 대한 따뜻한 사랑과 공감 능력을 유지해야 한다."

　션충원 선생은 소박한 일상 언어로 전통과 낭만을 추구했는데, 왕쩡치는 스승의 영향을 많이 받았습니다. 80세 때 션충원 선생은 매일 10시간씩 일하며 대작을 썼습니다. 그는 마음속에서 끊임없이 일어나는 작은 빛, 그리고 어려운 인생에서도 깨달음을 얻으려는 신념이 강했습니다.

　션충원 선생의 이야기가 전하는 따뜻한 사랑을 기억하며, 이번에 저는 제가 가장 좋아하는 작가들과 함께 이상적인 삶의 방식에 관해 이야기하고자 합니다.

이 책에 실린 작가들은 나이도 직업도 각기 다르지만, 저는 항상 그들의 글과 사색에 배어 있는 여유로움과 열정을 좋아합니다. 그들이 쓰는 이상적인 삶에는 전원적인 감상도 있을 것이고, 운명에 굴복하지 않는 굳센 모습도 있을 것입니다. 선택에는 본래 옳고 그름의 구분이 없지만, 각자가 지향하는 바에는 사람을 매료시키는 꾸밈 없는 감성이 있기 마련입니다.

사람의 생명에는 모두 에너지가 있습니다. 물리학에서는 특이점에 관한 한 가지 정리가 있는데, 바로 모든 물체가 특이점을 찾기 전에는 조용하고 고요하며 심지어 가라앉아 있습니다. 하지만 일단 특이점을 찾으면 바로 폭발합니다. 사람도 마찬가지입니다. 우리는 일생 동안 계속해서 특이점을 찾습니다. 그렇다면 특이점은 무엇일까요?

제 생각에는 자기 자신을 알고 사회를 경험하고 나이가 들면서 잘 다듬어진 후에도 여전히 생명 본연의 야성적인 혈기왕성함과 타고난 순수함을 잃지 않는 것입니다.

　이 책을 읽는 동안 독자 여러분도 자기 자신을 발견해 보세요.

　이 책이 자신을 발견하는 데 도움을 줄 수 있기를 바라며, 모두

가 각기 다른 불꽃으로 피어오르길 바랍니다.

　　　　　　　　　　　　　　　　　당신의 오랜 친구

　　　　　　　　　　　　　　　　　　웨이나

1장 나와 화해하는 시간

2장 더 뜨겁게 사랑하기를

3장 행복한 사람은 열심히 뺄셈을 한다

한 사람의 품격에는 그가 읽었던 책, 걸어온 길,
사랑했던 사람이 숨어 있다.
매력적인 여자는 교태나 애교가 아닌
세월이 지나도 사라지지 않는
이러한 기품을 가지고 있는 사람이다.

인생의 가장 낮은 지점에서는 버티고,
높은 지점에서는 겸손하라.
그러면 어디에 있더라도,
어떤 인생이라 하더라도 잘 살아갈 것이다.

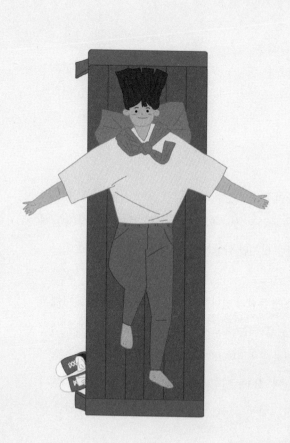

1장

나와 화해하는 시간

1%뿐이더라도 그쪽을 바라보면 그만큼 밝아진다

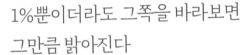

01

삶의 즐거움이 없다고 말하는 사람이 많다. 사실 그 이유를 파헤쳐 보면 결국 원하는 것은 많지만 능력이 없거나, 자신의 맘에 들지 않는 부분은 많지만 바꿀 수 있는 것은 너무 적기 때문이다.

엊그제 친한 옛 동료가 만나자고 했다. 그녀는 뜻밖에도 나에게 도움을 요청했다. 그녀는 알고 지낸 지 오래된 사람으로 매우 생활력이 강하고 매사 완벽하려고 애쓰는 것을 잘 알았기에 나는 잠시 당황했다. 작년에 그녀는 마침내 승진해 친구들 사이에서 인생의 승자로 통했다. 그런데 그녀는 연봉이든 직급이든 만족할 만큼 올랐는데도 여전히 기쁘지가 않다는 것이다.

그녀는 매일 숨 돌릴 틈 없이 살았다. 승진을 위해 아등바등했고, 자신의 단점을 극복하기 위해 노력했다. 그 결과 현재 인정받는 위치에서 대우도 훌륭했지만, 여전히 자신의 삶이 마음에 들지 않고 불안하다는 것이다.

그녀의 이야기를 들은 나는 자신을 너무 몰아세울 필요가 없다며 다독였다. 매사에 주도면밀하지 않아도 된다고 생각하면 조금은 마음이 가벼워질 거라고 말해 줬다. 하지만 그녀는 자신이 아직 부족하다며 스스로를 탓했다.

'나는 여전히 부족하다'는 생각은 일상에서 비일비재하다. 아름답지 못하고, 너무 뚱뚱하고, 일을 잘 못 하고, 늘 야근을 해야 하고, 집이 좀 작다고 생각하는 것처럼 말이다.

우리는 "꿈을 꾸는 사람은 꿈을 이룬다."라는 말을 들으며 자랐다. 선생님과 부모님은 충분히 노력하면 모든 것을 얻을 수 있고, 모든 것을 이룰 수 있고, 모든 꿈이 이루어질 거라고 말했다.

하지만 어른이 되고 부딪힌 현실은 그렇지 않았다. 아무리 노력해도 바꿀 수 없고, 해낼 수 없는 것투성이다. 하지만 분명한 것은 부정적으로만 바라보면 부정적인 면이 전부인 것처럼 보인다는 사실이다. 좋은 면이 1%뿐이더라도 밝은 쪽을 바라보면 그만큼 밝아진다.

누구에게나 삶은 쉽지 않다.
어떤 문제에 부딪혔을 때,
왜 안 되는가를 더 이상 생각하지 않을 때,
인생은 점점 더 자유로워지고 점점 더 힘이 날 것이다.
자신의 불완전함을 받아들이고 인생과 악수하며
자신과 화해해야 한다.

02

결혼도 마찬가지다. 한 유명 교수가 온라인에 이런 글을 올렸다.

"사랑이나 결혼에 대해 마음에 큰 뜻을 품어서는 안 된다. 지향하는 바가 많을수록 고통은 깊어지고 요구가 많을수록 수확은 줄어든다."

이 글에 정말 많은 댓글이 달렸다. 그중 가장 많은 '좋아요'를 받은 댓글이 있었다.

"결혼 생활을 하면서 상대방을 바꾸려고 한다면 단념하세요. 상대방을 바꾸는 것은 근본적으로 불가능하기 때문입니다. 그 또는 그녀 자신이 스스로 고치고 싶어 하는 경우가 아닌 이상 말입니다."

한 독자는 일찍이 나와 이런 이야기를 나눈 적이 있다.

그녀는 문학소녀로 젊었을 때 연애소설을 즐겨 읽으며 소설 속의 해피엔딩을 보는 데 익숙했다. 28세 때, 그녀는 아름다운 희망을 품고 결혼에 골인했다. 그녀는 "남편이 마음에 들지 않는 부분이 있긴 하지만, 그를 내가 좋아하는 모습으로 바꿀 자신이 있어요."라고 말했다. 그녀의 남편은 외아들로 자란 데다 친척도 많지 않아서 친구 사귀기를 좋아했다. 날마다 각종 모임에서 사람들과 어울리기에 바빴다. 그녀는 남편의 이런 모습을 마뜩잖아했다. 그런 자리에서 만난 사람들과는 깊은 관계를 맺지 못한다고 생각했다. 부부는 이 문제로 갈등의 골이 갈수록 깊어져 갔다.

서로 사랑하는 사이더라도 화목하게 잘 사는 것은 쉬운 일이 아니다. 사랑은 상대방의 장점을 발견하는 과정이고, 함께 지내는 것은 상대방의 단점을 발견하는 과정이다.

상대방에게선 작은 일도 문제로 생각하고 자기 자신은 매사 옳다고 생각해서 자꾸 상대를 '개조'하려 든다면 불화가 생길 수밖에 없다. 그러나 한 사람을 사랑한다는 것은 그의 장점뿐만 아니라 불완전한 모습도 감싸 주는 것이다. 있는 그대로의 모습을 사랑할 수 있어야 한다.

미련한 사람은 상대방을 적으로 여기고 항상 결점을 없애려고 한다. 그러나 지혜로운 사람은 상대방을 전우로 여기고 기쁨을 함께 나누며 함께 어려움을 짊어진다. 이런 말이 있다. 행복한 결혼 생활을 영위하는 이들이라도 평생 200번은 이혼을 생각하게 되고, 50번은 상대방이 없어졌으면 좋겠다고 생각할 만큼 극도의 혐오감에 빠지기도 한다는 것이다.

상대방에게 요구하는 것이 많아질수록 고통과 실망도 커진다. 세상에 완전무결한 사람은 없다. 행복한 결혼은 두 사람이 서로의 불완전함을 받아들였을 때 가능한 것이고, 원하는 대로 이루어지는 삶은 삶의 불완전함을 받아들였기 때문일 뿐이다.

결혼의 환상은
둘이 하나가 되겠다는 불가능을 꿈꾸는 것이다.
부부는 연리지가 될 수 없다.
둘이 나란히 같은 곳을 향해 걷는 사이다.
같은 이상을 향해 어깨동무하는 동지이다.
다름을 인정하고

잘못을 보듬어주고
부족함을 보완해 줄 때 사랑이 끈끈해진다.

03

　결혼뿐만 아니라 인생에는 뜻대로 되지 않는 일이 너무 많다. 우리는 싸울 줄 알아야 하지만 화해할 줄도 알아야 한다.

　랴오즈라는 이름을 들어본 적이 있는가? 그녀는 쓰촨성 대지진으로 무너진 건물에 매몰되었다가 살아남은 유일한 생존자다. 그녀는 무용가였지만 지진으로 다리를 잃고, 하나밖에 없는 딸도 잃었다. 그녀는 불행한 결혼 생활로 지진 이후 이혼을 하고 과거의 자신과도 결별했다. 그리고 한동안 무기력하게 지내며 스트레스를 식탐으로 풀다가 몸무게가 8kg이나 늘어났다.

　그러다 어느 날 거울 속에 비친 자신의 무기력하고 후줄근한 모습에 화들짝 놀랐다. 그녀는 스스로 회복해 나가기 시작했다. 몇 달 뒤에 그녀는 다시 무대에 올라 대중들에게 새로운 자신을 내보이며 TV 프로그램과 공연 무대에 올랐다.

　그녀는 자신을 절대 '장애인'으로 정의하지 않았다. 화장을 하고 춤을 추고, 일을 시작하고, 불편한 다리에도 불구하고 하이힐을 신고 다녔다. 아무 일 없었다는 듯이 지금도 그렇게 살아간다.

갑작스러운 재난으로 랴오즈의 삶은 두 동강이 났지만, 그녀는 운명이나 사람을 원망하지 않았다. 지금의 그녀는 여전히 낙천적이고 강인하다.

"여러분은 지금도 제가 다리도 잃고, 딸도 잃고, 남편에게 버림받은 정말 비참한 인생이라고 생각하시나요?"

인생은 오묘하다. 어떤 하나를 깨달으면 모든 것이 명확해진다.

랴오즈는 2013년에 지금의 남편 찰스를 만났다. 낙관적이고 진보적인 그는 언제나 매력이 넘쳤다. 그녀는 재혼을 했고, 아이를 낳아 평범하고 행복한 가정을 꾸렸다. 그녀는 "인생은 완벽하지 않지만 나는 충분히 감사하다."라고 말했다.

인생에는 자기만의 색깔과 지혜로움이 필요하다. 어떤 사람은 삶에서 작은 마찰이나 좌절을 겪으면 곧 하늘이 무너지기라도 하듯 절망에 빠진다. 하지만 또 어떤 사람은 생이별을 겪으면서도 여전히 아름답고 근사하게 산다.

후회와 원망도 평생을 가고,
가장 어두운 밤을 겪었음에도
햇빛에 대한 기대를 품는 마음도 평생 간다.

무엇을 선택할 것인가는 각자의 몫이다.
인생에는 고통이 따르기 마련이고,
그것을 자신의 삶에 어떻게 자리 잡게 할지는
바로 자기 자신에게 달려 있다.

04

우리는 모두 살아가면서 항상 이런 불완전함을 만난다. 그것은 마치 가시와 같아서 비록 보잘것없어 보이지만 많은 시간과 노력을 들여서 빼내야 한다. 힘든 업무 스트레스, 불편한 연인과의 관계, 자주 부딪히는 가족들, 직장 동료와의 마찰…

그러나 이러한 일들을 우리가 통제할 수는 없다. 그것들과 싸우려고 에너지를 소모한다면 마치 진흙탕에 빠진 것처럼 몸부림칠수록 우리 몸에서 힘이 빠져나갈 것이다. 이런 부정적 에너지와 죽기 살기로 싸울 이유가 없다. 그 누군들 살면서 이런 자질구레한 일들을 마주하지 않겠는가.

진정으로 우리를 괴롭히는 것은 뜻대로 되지 않는 일이 아니라, 그것을 대하는 우리의 '태도'다. 아무리 심각한 일이라도 이를 받아들이면 우리에게 미치는 영향은 그다지 크지 않다. 반면 아무리 사소한 일이라도 그것을 놓아주지 않으면 그 일은 계속 우리를 괴롭힐 것이다. 바꿀 힘도 없고 받아들일 수도 없는 것이 우리 삶의 고통의 근원이다.

그러니 뜻대로 되지 않는 일이 우리 인생에 나타날 때, 변화시킬 힘이 없다면 두 팔을 벌리고 맞이하라. 어쨌든 사람의 인생에는 받아들일 수 없는 것은 없다.

휘몰아치는 바람
쏟아지는 빗줄기
작열하는 태양
우리 힘으로 조절할 수 없잖은가.
우리에게 닥치는 불협화음, 갈등, 위기, 어려움도
이와 마찬가지이다.
그러므로 가끔은
발버둥 치지 말고
그대로 받아들이자.

쓸데없는 싸움을 그만두고 자신을 성장시키고 행복해지는 일에 시간과 에너지를 쏟을 때라야 삶의 즐거움은 배가된다.

두 손에 꼭 잡은 것을 놓아주기 어려울 때, 그 일이 정말 나에게 그렇게 중요한지 스스로에게 물어보자. 시간이 지나고 나면 그토록 신경 썼던 일들이 흘러가는 구름이나 바람처럼 가벼워진다는 것을 알게 될 것이다.

모든 것은 다 지나간다. 삶의 불완전함을 받아들일 줄 알면 기쁨이 그리 멀지 않은 곳에서 기다리고 있을 것이다.

찬상의 글

나만의
인생 속도로 산다

$$01$$

　최근 우리 회사에 들어온 인턴사원들을 보면 저마다 명문대 졸업장에 화려한 프로필을 자랑해 이력서만 봐도 빛이 난다. 내가 있는 부서에도 한 아가씨가 인턴사원으로 들어왔다. 그녀는 총명하고 재빠르게 일을 잘하며 누구를 만나든 생글생글 잘 웃었다. 이틀도 안 가 부서 사람들은 그녀에게 좋은 인상을 받았다. 하지만 나는 달랐다. 왠지 모르게 그녀가 즐겁지 않은 것처럼 보였다.

　어느 날 점심시간이었다. 휴게실에 그녀가 멍하니 앉아 있었다. 이미 몇 차례 그런 모습을 본 터였다. 눈이 빨갛게 달아오른 것이

한참을 운 것 같았다. 그녀에게 다가가 어깨를 토닥이며 이야기를 나누어 보았다. 그녀는 삼수 끝에 원하던 대학에 입학했다. 대학원까지 졸업한 후 그해 졸업생 가운데 모두가 부러워하는 중앙기업 본부에 입사해 누가 봐도 인생의 탄탄대로를 걷는 것처럼 보였다.

하지만 그녀는 어려서부터 해외에서 박사 학위를 받고 돌아와 교사가 되고 싶어 했다. 대학원 과정을 밟을 때 그 꿈을 위해 어학 시험과 논문 발표를 착실히 준비하던 중에 어쩌다 유일하게 이력서를 넣은 우리 회사에 덜컥 합격한 것이었다.

입사와 유학 사이에서 고민하던 그녀는 부모님께 의견을 구했다. 부모님은 "이미 스물일곱 살인데 이제는 좋은 직장 들어가 결혼해서 아이를 낳아야지, 무슨 유학이니? 박사 마치고 돌아오면 이 직장에 들어갈 수 있을지 없을지도 불확실하잖니."라고 말했다. 부모의 말도 일리가 있었다. 그렇게 입사를 결정하고 회사에 다니고 있지만 내내 마음 한구석이 허전했던 것이다.

"선배님, 이 직장에 들어오기가 얼마나 힘든지 잘 알지만, 한편으론 해외에서 공부를 계속하고 싶어요. 도대체 어떻게 해야 할까요?"

힘없이 말을 끝낸 그녀의 다소 무기력한 모습을 보자 문득 나의 과거가 떠올랐다.

삶의 갈림길은
언제나 우리에게 선택을 종용한다.
자기 인생을 웅장하게 키워가고 싶을수록
고민의 깊이는 깊어진다.
현실과 타협할 것인가,
이상을 좇을 것인가.

02

그녀와 마찬가지로 나도 어려서부터 해외 유학을 가고 싶다는 꿈이 있었다. 학문을 깊이 연구하고 싶은 건 아니지만 넓은 세상으로 나가 경험해 보고 싶었다.

신문방송학과를 전공하던 나는 뭐든지 곧잘 했지만, 딱히 한 가지에 특출하지는 않았다. 글로벌한 감각도 없었다. 그래서 개강 첫날부터 나는 '탁월해지고 싶은' 마음에 부단히 노력했다. 매일 아침 일찍 일어나 영어단어를 외우고, 학점을 잘 받으려 애쓰고 인턴을 하면서 몇 안 되는 해외에서 주는 문과생을 위한 장학금을 받고자 노력했다. 주변 사람들은 잘 될 거라고 격려해 줬고, 나도 그렇게 믿었다.

    그러다 글로벌 금융 위기가 터지면서 해외 대학에서 주는 장학금이 대폭 축소되었고, 그중에서도 문과 쪽 지원금이 먼저 줄었다. 나는 5개 대학에 지원해 모두 합격했지만, 장학금은 한 푼도 받을 수 없었다. 당시 가정 형편이 녹록지 않아 유학 비용을 감당하기 힘들었고 그렇게 유학의 꿈이 깨졌다. 슬프지 않았다면 거짓말이다. 특히 주변에 이미 회사에 입사해 승진까지 한 친구들을 보면서 나는 아무것도 이룬 것이 없다는 생각에 더욱 초조해졌다. 스트레스 탓인지 입맛도 잃고 '출국'이라는 말만 들어도 울음이 터져 나왔다. 2주 정도 그런 상태가 이어졌다. 부모님은 미안해했고 교수님과 친구들 모두 나를 걱정해 주었다.

    어느 날, 혼자서 학교 운동장을 거니는데, 내 얼굴에 닿는 햇살이 무척 따뜻하게 느껴졌다. 그것은 베이징의 봄 냄새였다. 그 순간 한 가지 생각이 머리를 스쳤다. 인생에 단 하나의 길만 있는 게 아니라는 깨달음이 왔다. 가장 가고 싶은 길도 있지만, 그 길이 막히면 다른 길로 바꿀 수도 있는 것이다!

우리는 정해진 구간을 달리는 선수가 아니니까.
끝없이 트랙을 돌기도 하고
산악트래킹처럼 험한 길을 뛰기도 해야 한다.

달리고 뛸 때는 모르지만
잠깐 멈추고 주위를 둘러보면
이제껏 알지 못했던 길이 보인다.
어쩌면 돌아가야 하는 길이 나타날지도 모른다.
그렇더라도 멈추지 말자.
당당한 걸음이 멋지지 않은가!

　심리학자 에이브러햄 매슬로는 생각이 바뀌면 행동이 바뀌고, 행동이 바뀌면 습관이 바뀌고, 습관이 바뀌면 인격이 바뀌고, 인격이 바뀌면 운명이 바뀐다고 했다. 모든 것은 마음먹기에 달렸고, 마음이 상황을 바꾼다. 정말 와닿는 말이다.

03

　마음을 가다듬은 나는 원망하는 마음을 접고 취업준비생의 길에 올랐다. 다행히 인턴을 계속해 왔고 학교에서 두 번째 공개 채용을 진행하고 있어서 취업 준비 기간이 그렇게 힘들지는 않았다. 필기시험과 세 차례의 면접을 거쳐 순조롭게 언론사에 합격했다.

핵심 언론사와 견줄 만한 곳은 아니지만, 회사가 집에서 가깝고 그다지 일이 힘들지 않고, 복리후생이 좋다는 점이 만족스러웠다.

10여 년 전만 해도 전통 언론은 빠르게 발전하고 있었다. 특히 지방으로 출장을 가면, 직원들이 나를 '선생님'이라고 불렀고, 그 소리에 기분이 들뜨곤 했다.

회사에 적응하고 난 뒤에 나는 다른 동료들처럼 기삿거리를 찾고 연락을 기다리며 원고를 입수하고, 동료들과 신문 꼭지를 정했다. 동료들과 분업하여 협력하면 일을 더 여유롭게 할 수 있었다.

그리고 매일 퇴근하고 나서는 드라마도 보고 식사 약속도 잡고 당시 남자친구(현재의 남편)와 데이트도 하고 쇼핑도 하며 즐겁게 지냈다. 그렇게 어느덧 3년이 지나 언론사 입사를 꿈꾸던 신문방송학과 학생에서 노련한 직장인이 다 되어 있었다.

어느 날, 대학 때 지도교수님이 내가 있는 도시로 출장을 오셔서 함께 식사를 하게 되었다. 그런데 식사 내내 교수님은 뭔가 하시고 싶은 말씀을 여러 차례 아끼는 것처럼 보이셨다. 떠나기 전에 지하철역에서 교수님은 "나는 대학 시절의 너를 참 좋아했어. 매일 꿈을 향해 나아가는 그 모습이 어찌나 보기 좋았는지 몰라." 하며 웃으셨다. 교수님의 그 짧은 한마디에 나는 갑자기 "꿈?" 하면서 깨어났다. 누군가와 꿈에 관한 얘기를 한 지 너무 오래되었던 것이다.

그날 밤 집으로 돌아와 나는 책상에 앉아 3년 동안 무엇을 했는지 숙고해 보았다. 이렇게 긴 시간을 어디에 썼는지 도무지 정리할 수가 없었다. 업무 계획도 없었고 대표작도 없었으며, 심지어 나만의 핵심 능력도 쌓이지 않았다. '이건 옳지 않은데, 내가 이러면 안 되는데!' 하는 생각이 머리를 스쳤다.

중국 최대 보안기업 CEO 저우훙이는 일찍이 "빈둥빈둥 살면, 시간도 빈둥대며 흘러갈 것이고, 마지막 패자는 결국 당신 자신일 수밖에 없다."라고 했다. 그날부터 나는 내 업무를 제대로 처리하고, 매일 기삿거리를 찾아 소재를 쌓고, 편집장이 수정한 원고에 대해 열심히 고민하고, 다른 언론사의 동일 사건에 대한 다른 해석과 업계의 새로운 정책을 따라가느라 정신없이 보냈다.

모두 나를 신기하게 여겼다.
어떻게 기사를 쓰든 보수는 똑같았으므로
굳이 애쓰고 힘을 들일 필요가 없었기 때문이다.
하지만 내가 일을 잘해야 하는 것은
다름 아닌,
'나 자신을 위해서'라는 사실은 나만 알고 있었다.

이렇게 정신없이 4년이 지나고, 나는 점차 회사 내 핵심 인력으로 성장하며 크고 작은 언론상도 많이 받았다. 당시 뉴미디어가 서서히 성장을 시작해 주변에선 훌륭한 동료들이 속속 자리를 옮기는 상황이었다. 내게도 위기감이 엄습했다. 나는 전통적인 미디어가 사양산업임을 알고 있었고, 굶어 죽지는 않겠지만 내가 성장할 여지나 전망에는 한계가 있어 벗어날 때가 됐음을 느꼈다.

어떻게 벗어나야 할까? 이 문제 앞에서 떠오른 첫 번째 생각은 뜻밖에도 해외 유학이었다. 나 자신도 내 생각에 놀랐다. 그때의 나는 임신한 상태였고 생활이 안정되어 있었기에 아무리 생각해도 터무니없어 보였다. 그러나 한 번 꿈의 불길이 타오르자 다시 꺼뜨리기 어려웠다. 더구나 어릴 때부터 꾸던 꿈이었으니 누가 뭐라고 해도 포기할 수 없었다. 다행히도 남편과 부모님께 내 생각을 전하자 응원해 주셨다.

삼십 대에 들어선 나는 임신한 몸으로 다시 영어를 공부하며 시험 준비를 시작했다. 매일 아침 6시에 일어나서 4편의 글을 읽으며 분석하고 수정했다. 출근길에는 바로 따라서 말할 수 있을 때까지 듣기 능력을 연마했다. 퇴근 후에는 이틀에 한 번씩 영어로 글을 썼는데 두꺼운 공책 세 권이 나왔다. 또 자투리 시간을 활용해서 거울을 보며 혼자 스피킹 연습을 하고, 내 말을 녹음해서 다시 듣기를 하면서 고치곤 했다. 그사이에 나는 각종 산부인과 검사도 끝냈다. 그리고 임신 8개월에 접어들었을 때 영어 고득점으로 장학금 신청 서류를 보낼 수 있었다.

그러고 나는 출산했다. 아이를 낳은 다음 날, 장학금 1차 서류 합격 통보를 받았다. 한 달 뒤 영사관으로 2차 시험을 보러 오라고 했다. 나는 한 달 내내 갓난아기를 돌보며 시험을 준비해 나갔다.

아기가 통 잠을 자지 않아 책 읽을 시간이 거의 없어서 책을 머리맡에 두고 아기가 잠이 들면 발버둥 치며 일어나 몇 문제를 풀었다. 이렇게 시간을 긁어모아서 30개에 가까운 2차 시험 주제를 준비했다.

드디어 면접을 보러 갔고, 모든 과정은 홀가분하고 유쾌하게 흘러갔다. 면접이 끝나고 사람들과 대화를 하는데 그들은 나의 시험 준비 과정을 듣고는 놀라며 연신 칭찬을 아끼지 않았다.

그때 나는 7년 전에 받지 못했던 장학금을 받았다. 포기하지 않으면 반드시 보상이 있기 마련이다.

물은 멈추지 않고 흘러야 바다로 간다.

새는 날갯짓을 멈추지 않아야 난다.

나무는 끊임없이 태양빛을 받고

물을 흡수해야 자란다.

가장 자기다움을 유지하기 위해 오늘도 멈추지 않는다.

우리도 마찬가지다.

05

장학금 관련 연락을 받고 나서 나는 빠르게 퇴사했다. 직장 동료는 나이 먹고 아이 데리고 공부를 하기 위해 철밥통을 내려놓다니 내가 미쳤다고 생각했다. 돌아오면 어떻게 살려고 하냐며 걱정해 주었다. 이상하게도 그런 의심스러운 주변의 시선을 받으면서도 나는 한 번도 흔들리지 않았다. 왜냐하면 갈수록 '안정감'은 줄어들 거고, 내 실력을 키워야만 안정감을 느낄 수 있다는 사실을 잘 알았기 때문이다.

아이가 태어난 지 아홉 달이 되었을 때 아이를 데리고 친정엄마와 함께 유학행 비행기에 올랐다. 아이를 키우면서 공부하는 것은 매우 힘든 일이고, 특히 시간 관리 능력이 필요하다. 낮에 수업을 듣는 동안 친정엄마가 집에서 아이를 봐주셨다. 집으로 돌아오는 길에 나는 장을 보고 각종 물품을 샀다. 집에 도착하면 나는 아이를 보면서 방을 치웠고 엄마는 식사 준비를 했다.

1년 남짓한 시간 동안, 나는 열두 시 전에 잠을 잔 적이 없었다. 수업이 없는 날엔 아이와 함께 런던 시내를 돌아다녔다. 엄마에겐 휴식 시간을 드리고 아이에겐 세상을 보여 주기 위해서였다.

이렇게 가족들의 협조 속에서 나는 무사히 석사 과정을 마쳤고, 명예 졸업이라는 좋은 성적을 받았다. 동시에 영국에서 인턴을 하게 됐는데 월급은 얼마 안 됐지만 해외 근무 경험이 생겼다.

귀국 후 그동안 쌓아온 실력으로 무사히 입사했다. 지금 회사에서는 충분히 도전적인 업무를 하고 있어 무척 만족스럽다. 물론 연봉도 충분히 받고 있다. 하지만 이것이 내가 꿈꾸던 삶이냐고 묻는다면, 나는 지금은 그렇다고 말할 수 있지만 미래에도 과연 그럴지는 의문이다. 급변하는 시대에 다음에 무슨 일이 일어나고 미래의 삶이 어떻게 달라질지는 알 수 없기 때문이다.

내가 유일하게 아는 것은, 스스로 인생의 속도를 결정하고 꾸준히 걸어가는 것이다!

다시 처음의 그 인턴사원이었던 그녀의 얘기로 돌아가 보자.

사실 그녀가 유학을 가든, 현재 직장에 머무르든 딱히 무엇이 더 낫거나 나쁘거나 할 것은 없다. 중요한 것은 그녀 자신이 '무엇을 원하는지'와 앞으로 '어떤 태도로 살아갈 것이냐'이다.

인생은 선택의 연속이다.
어떤 선택을 할지는 자기 자신만이 안다.
그러니 내면의 소리를 따라가면 된다.
설령 눈앞에 있는 것이 최선의 선택이 아닌 것 같아도
열심히 노력하며 현재를 살면,
누릴 것은 반드시 누리게 된다.

위웨이의 글

끓어오르는 느낌을
찾아

$$01$$

3월 경영대학원에서 콘텐츠 담당자였던 나는 그 일을 그만두고 창업에 도전했다. 이 소식을 접한 주변 지인들은 "왜 사서 고생이야?"라며 안타까워했다. 글쎄다, 정말 사서 고생일까?

경영대학원에서 일하면서 매일 기업가들을 상대했다. 그중에 유명한 기업가도 적지 않았다. 나는 그들로부터 많은 것을 배우고 인생 경험도 얻었다. 게다가 적지 않은 소득에다 명예와 이익을 모두 챙길 수 있다는 것도 배웠다. 하지만 일정한 단계를 지나면 명예와 이익이라는 것은 최소한의 심리적 만족이고, 더 높은 곳이 있음을 알게 되었다.

나는 영화감독 기타노 다케시의 이 말을 매우 좋아한다.

"네가 어느 쪽 인생을 선택하겠느냐고 스무 살의 나
에게 물었다면, 괴롭든 어떻든 뜨거운 인생이라고 대
답했을 것이다."

나는 선택할 때마다 이 말이 생각난다. 더 뜨거운 인생을 살 수
있게 해 줄 수 있느냐가 내 선택의 유일한 기준이다.

흔히 인생은 세 가지로 분류할 수 있다.
첫째는 따뜻한 물의 인생이다. 대다수 사람이 여기에 속한다.
이른바 '따뜻한 물로 개구리를 삶는 것'이 여기에 해당한다.
두 번째는 끓는 물의 인생이다. 이들은 하나의 목표를 향해 힘
차게 달려간다. 통쾌함과 개운함을 느끼고 정의를 위해 용감하게
나아간다. 그러다 어느 한 정점에 이르면, 마치 끓는 물이 100도가
되면 끓기를 멈추듯이 멈춰 버린다.
세 번째는 바로 뜨거운 인생이다. 이 인생은 계속 끓고, 계속 거
품이 일며, 물보라가 만발하며, 이 물에 가까이 다가가는 사람마다
후끈후끈해진다. 매번 끓을 때마다 정점에 다다르고, 한평생을 도
전하며 보낸다. 나는 따뜻한 물의 인생이나 끓는 물의 인생이 아닌

뜨거운 인생을 살고 싶다.

대학원을 졸업하며 세 번째 책을 출판했는데 출판되자마자 베스트셀러가 되었다. 그때 위챗 공식계정이라는 뉴미디어가 뜨고 있었다. 나는 이미 썼던 수십 개의 글로 위챗에 공식계정을 만들어 광고비만으로도 살 수 있었다. 그렇게 지내던 어느 날, 머릿속에 질문 하나가 생겼다.

(*02*)

'평생 매일 글만 쓰면서 살고 싶은가?' 당시 나는 고작 스물여섯 살이었다. 내 인생의 꿈은 작가가 되는 것밖에 없는 걸까? 당장 펜을 들고 내가 가진 모든 꿈을 종이에 적어 보았다. 그중 2위가 대중매체와 관련된 일을 하고 싶다는 것이었다.

사실 내가 제일 되고 싶은 건 MC였다. 어릴 적부터 예능을 즐겨 보았는데 예능 프로그램 MC는 완전 나의 전문 영역이었다. 어린 시절 우리 집에는 TV가 없었기 때문에 이웃집으로 달려가 설맞이 특별 공연을 봤다. 나중에는 집에 컴퓨터가 생기면서 고등학교 여름방학 동안 MC들에게 푹 빠져서, 그들의 이름과 진행 프로그램을 바이두에 검색해서 마지막 페이지까지 꼼꼼히 살펴보곤 했다.

가장 힘들었던 고3 시절에 나는 그녀들의 사진을 출력해서 교과서 책갈피에 끼워 두고 힘들 때마다 쳐다보곤 했다.

이런 '열정'은 수능 성적 발표 날에 끝이 났다. 나는 중문과에 입학해서 비전에 맞춰 '작가'로 다듬어 나갔다. 하지만 작가라는 목표를 달성했을 때 나는 내 안에 MC라는 또 하나의 꿈이 있었다는 것을 깨달았다.

스물여섯 살의 나는 이미 MC가 되는 것은 불가능하다는 것을 잘 알고 있었다. 하지만 불가능 속에서도 '가능'을 찾고 싶었다. 대학원 졸업 후, 나는 모 TV 프로그램에 지원했다. MC는 불가능해도 무대 뒤에서 일해 볼 기회는 있을지도 모른다고 생각했다. 나는 하룻강아지 범 무서운 줄 모르고 무작정 PD를 설득해 생초짜인 상태로 연출 일부터 시작했다. 비록 월급은 월세를 내면 남는 것이 없었지만 괜찮았다. 내겐 한 번의 새로운 기회만 생긴다면 그걸로 된 것이었다.

방송 일은 100퍼센트 노력 외에 다른 방법이 없었다. 낮과 밤이 따로 없이 공부하고 주말과 휴식은 생각지도 못하는 삶이 이어졌다. 너무 힘들어서 울지 않은 날이 없었다. 한번은 편집본을 간신히 만들고 새벽 두 시에 퇴근하려는데 "이 편집본은 모두 못 쓸 것 같다."라는 말을 들었다. 왈칵 눈물이 솟구쳤다. 어떤 날은 대여섯 날을 잠 못 자다가 잠깐 눈을 붙이려는데 내일 인터뷰를 해야 한다며 취재 자료 준비를 서두르라는 것이었다. 가끔은 녹화장에서 수백 수천 개의 디테일 가운데 하나를 놓쳐 동료에게 지적당하고도 일을 계속할 수밖에 없어 눈물이 쏟아진 적도 있었다. 정말 울면서 나는 성장했다. 반년이 지나고 나니, 어떤 일이 생겨도 더는 울지 않게 되었다. 모든 것을 할 수 있게 되었기 때문이다.

드디어 이직을 결심하고 다른 프로그램 팀에 들어가서 처음부터 다시 시작했다. 그렇게 1년여에 걸쳐 3개의 프로그램에 참여한 뒤 나는 한달음에 편집장이 되었다.

편집장이 된 뒤의 인생은 마치 미지근한 물이 '끓는' 물이 된 것과 같았다. 그다음에는?

"당신은 끓는 물이 한 번 끓고 끝나기를 원하는가, 아니면 뜨거운 물이 계속 되기를 원하는가?"

나는 내가 편집장의 자리에서 몇 년만 버티면 총감독이 될 수 있다는 것을 알았다. 아니면 다시 프로그램을 몇 개 바꿔 가며, 계속 일관성 있게 콘텐츠를 생산할 수 있다는 것도 알았다. 이미 TV 프로그램 제작 원리를 알고 있었기 때문이다. 이 방법을 이용해서 조금만 더 연마하면 사실 정상에 오른 내 모습을 그려볼 수 있었다. 그때 하늘이 답을 주었다!

어느 날 한 친구의 결혼식에 갔을 때, 앞서 언급했던 경영대학원의 설립자를 만났다. 그때 비록 몇 년 동안 직장생활을 했지만, 비즈니스에 대해서는 전혀 알지 못했다. 많은 사람을 만나긴 했지만, 거리감이 있었고 진짜 세상과는 한 겹의 베일을 사이에 두고 있는 느낌이었다. 그는 나에게 경영대학원에 와서 일하는 건 어떤지 제안했고, 나는 고민하지 않고 또 다른 새로운 영역으로 나아갔다.

나중에야 '내가 이 선택을 앞두고 왜 고민하지 않았을까.' 하는 생각이 들었는데, 아마 내 마음이 늘 추구했던 끓어오르는 느낌 때문이었을 것이다. 그래서 나는 프로젝트 매니저에서 시작해 1년 만에 콘텐츠 담당자가 되었다.

03

이번에 또다시 경영대학원 콘텐츠 일을 떠나 창업을 하게 된 것도 역시 끓어오르는 마음 때문이다. 나는 경영대학원에서 유용한 것을 많이 배웠다. 이제 나는 배운 것을 직접 해 보고, 실제로 통하는지 보고 싶었다. 경영대학원에서의 일이 다시금 나에게 뜨거운 느낌을 주었다면, 창업을 함으로써 다시 한번 끓어오르고 싶었다. 퇴사를 선택할 때, 나는 한 가지만을 자문했다.

"만약 나에게 더 높은 직위와 더 많은 연봉을 준다고 한다면, 여기에 남아 있을 것인가?"

내 대답은 '아니오!'

그렇다면 서슴없이 떠나는 게 맞다. 회사와 설립자에게 진 빚은 나중에 천천히 갚아 가면 된다.

하루하루를 냉정함과 뜨거움 사이에서 보내고 있다.
내일이 되면 무슨 일이 일어날지,
한 달 뒤엔 어디로 갈지,
1년 뒤엔 내가 무엇을 하고 있을지 알 길이 없다.
그저 빙하의 깊숙한 곳에 빠진 사람처럼
강한 의지력으로 빙하의 꼭대기라는
영광스러운 자리가 닿기를 바랄 뿐이다!

이것이 바로 나, 서른 살 여성의 생활 방식이다. 삶의 방식에는 좋은 것과 나쁜 것의 구분이 없다. 그저 나에게 맞는 것이 가장 좋은 것이다. 아무쪼록 당신도 당신만의 뜨거운 인생을 살기를 바란다.

쉐이의 글

"네가 어느 쪽 인생을 선택하겠느냐고
스무 살의 나에게 물었다면,
괴롭든 어떻든
뜨거운 인생이라고 대답했을 것이다."

원하는 삶으로
나아가기

01

어느 날 신간 발표회를 끝내고 돌아가려는데, 도서관 복도에서 한 아가씨에게 붙잡혔다. 백지장처럼 얼굴이 하얗고 눈두덩이는 움푹 패어 있었다. 그녀가 다급하게 내 앞에 서더니 무슨 말부터 꺼내야 할지 몰라 잠시 머뭇거렸다. 한차례 횡설수설했지만, 나는 그녀가 무슨 말을 하려는지 알아챘다. 나의 비서가 될 테니 자신을 이곳에서 다른 곳으로 데리고 가달라는 것이었다. 월급은 주지 않아도 된다며 내 곁에 있는 것만으로도 즐겁게 지낼 수 있을 것 같다고 덧붙였다.

"지금 혹시 불행한가요?"

나는 천천히 그녀에게 물었다. 그녀가 고개를 끄덕였다.

"연애를 했는데 정말 쓰레기 같은 남자를 만났어요. 헤어진 후 그 남자가 회사 상사에게 이메일을 보내 저를 모욕했어요. 사랑도 지긋지긋하고, 일도 즐겁지 않아요. 이 도시에 더는 있고 싶지도 않아요."라며 흐느끼듯 말했다.

"사는 곳을 바꾼다고 해서 즐거워지는 건 아니에요."

"작가님의 책을 많이 읽었는데, 작가님 가까이에 있으면 제 상황도 완전히 달라질 것 같아서요."

나는 시련을 극복하는 그녀의 방식이 잘못되었다는 생각이 들었다.

"힘들다고 도피를 선택하지 말아요. 마음이 진정되고 나서도 그렇게 하고 싶으면 그때 다시 얘기하기로 해요."

나는 그녀와 같은 사람을 많이 만난다. 그들은 뜻한 대로 일이 풀리지 않으면 그냥 그 자리를 벗어나 기분 나쁜 걸 해결하려 든다. 예를 들어 여행을 한다거나 새로운 연인을 찾아 연애를 시작하는 것이다. 그렇게 한바탕 난리를 친 후 원래의 삶으로 돌아가지만, 여전히 상처와 문제는 그대로 남아 있는 것을 발견한다. 심지어 오랜 시간 방치한 탓에 미해결 상태의 작은 상처가 점점 악화

돼 손을 쓰기 힘들 정도의 큰 고름으로 변해 있기도 한다.

살던 도시를 바꾸고, 또 다른 사람을 사랑한다고 해서 지금의 힘듦이 해결되지는 않는다. 복잡한 사회생활에서 사랑과 거절, 새로운 처신 방법, 생활 방식을 배워야 환경의 변화나 갑작스러운 이별에 좌지우지되지 않을 수 있다.

쓰레기 같은 전 남자친구가 회사에 메일을 보내 헛소리하며 모욕을 한다면, 기회를 봐서 모두에게 사건의 진실을 밝혀야 한다. 해명해도 의심받을 수 있지만 그걸 두려워하지 마라. 나쁜 결과가 있을까 봐 미리 걱정하지 마라.

지금 살고 있는 곳에 대해 염증을 느낀다면 억지로 좋아할 필요는 없다. 그러나 이 도시에서도 평온하게 생활할 수 있는 능력을 갖춰야 다른 곳으로 옮겨가도 잘 살아갈 수 있다.

누군가 나를 째려봤다고 해서 그 지역 전체 사람들에게 화를 내서는 안 된다. 전 남자친구가 어디 출신이라고 해서 그의 본가가 있는 도시 사람들이 모두 나쁘다고 생각하는 것은 곤란하다. 싫어하는 곳에서도 편안하게 살 수 있는 능력이 생겨야 다른 곳으로 옮겨 다른 사람들과 마주했을 때도 잘 어울릴 수 있다.

너그러움이 삶을 아름답게 가꾼다.
내 감정을 쥐락펴락하는 일에서

고개를 돌려
못 보고 안 들은 것으로 하자.
세상은 넓고
수많은 일이 일어나지 않는가.
애써
불편한 일에 시선을 꽂아
나쁜 감정에 휘말릴 필요 없다.

02

요가 강사로 일하던 한 친구가 최근 어려움에 빠졌다. 그녀는 비교적 이른 나이에 학교를 그만두었다. 그녀는 많이 먹어도 살이 찌지 않는 체질이었고 외모가 청초했다. 그래서 일찍이 누군가의 권유로 요가 강사의 길에 들어섰고 그녀는 요가 학원의 간판 같은 존재가 되었다. 그런데 지금은 동료들이 집에 가서 수양 좀 하라고 거듭 권하는 지경이 되었다. 여기서 '수양'이란 몸무게 관리를 말한다. 몸무게가 20킬로그램이나 불어나 있었던 것이다.

많은 사람이 그녀가 급격하게 체중이 불어난 이유를 안다. 그녀는 이혼한 지 얼마 되지 않았고, 아이의 양육권을 놓고 쟁탈전을 벌이다가 소송에서 졌다. 그녀의 어머니는 보수적이라 이혼을 매우 창피한 일로 여기고 필사적으로 그녀에게 다른 남자를 소개해 주기 바빴다.

그녀는 대여섯 명의 남자를 만났지만 모두 마음에 들지 않았다. 똑똑하지 않거나, 음식을 너무 게걸스럽게 먹거나, 배려심이 전혀 없거나 등, 그녀는 인기가 많던 자신이 왜 이런 처지가 되어서 맘에 들지 않는 남자들과 선을 봐야 하는지 극도로 우울해졌다. 그래서 걸핏하면 야식을 먹거나 밤늦도록 술을 마셨다.

처음에는 그런 그녀를 안쓰러워해 주변의 많은 사람이 그녀와 함께 시간을 보내 주었다. 친구들은 그녀의 지난 힘든 시간을 알고 시간을 내서 그녀와 함께 있어 주고 좋은 말도 해 주었다. 하지만 6개월이 지나도록 그녀의 슬픔이 조금도 사그라들 기미가 보이지 않자 이제는 동네 한 바퀴 산책하자고 해도 응하는 친구가 없어졌다. 그녀는 점점 집 밖으로 나가지 않았고, 배가 고파지면 집에서 배달 음식을 시켜 먹었다. 그렇게 살다 보니 체중은 주체할 수 없을 정도로 급속하게 불어났던 것이다.

상황이 나빠질수록 그녀는 집 밖으로 나가기가 꺼려졌고, 시간이 지나자 점점 더 음지에 사는 바퀴벌레 같아졌다. 씻는 것을 귀찮아해 몸은 더럽고 햇빛 아래 있기를 두려워했다.

어느 날, 그녀는 침대에 누워 장문의 메일을 나에게 보내왔다. 그녀는 자신이 잘못한 것도 없는데, 오히려 안 좋은 결과를 책임져야 하는 이유를 모르겠다는 것이다. 그녀는 클럽에서 춤을 추고 사람들이 많은 곳에서 술을 마시며 노래를 불러도 즐겁지 않은 이유를 알 수 없다고 했다.

그녀와 잘 아는 사이인 나는 무슨 말로 그녀를 위로할 수 있을지 알 수 없었다. 문득 책에서 보았던 쇼펜하우어의 문장이 떠올라 그녀에게 그대로 적어보냈다.

> 방탕한 삶을 추구하는 것은 행복을 얻는 잘못된 방법이다. 그것은 바로 비참한 인생을 끊임없는 쾌락과 기쁨, 향락으로 바꾸려는 우리의 시도 때문이다. 그렇게 하면 환멸감이 밀려온다. 이런 삶에는 반드시 사람들의 거짓말과 속임수가 뒤따르게 마련이다.

우리가 사는 곳을 바꾸고, 환경을 바꾸고, 사람을 바꾸는 것은 쾌락을 통해 상처를 막으려는 것에 불과하다. 상처를 직시하지 않고, 효과적으로 처리하지 못한다면, 그 상처는 눈에 보이지 않는 곳에서 계속 썩어서 깊은 흉터로 변한다.

언제나 순풍에 돛을 단 듯 살고, 마음먹은 대로 일이 이루어지는 사람은 없다. 누구나 자신을 극에 달하게 하는 사람이나, 일을 만나 힘든 시간을 한 번쯤 겪게 마련이다.

많은 사람이 자신의 인생이 막다른 골목에 들어섰다고 느끼는 이유는 바로 쇼펜하우어가 말한 환멸감을 이겨 내지 못했기 때문이다.

친한 친구가 함께 울어 줄 수는 있지만, 같이 어둠을 빠져나갈 이유는 없다. 향락을 추구하는 퇴폐적인 삶으로는 무리와 떨어져 있을 때의 외로움은 어찌하지 못한다.

인생의 가장 낮은 곳에서는 버티고,
인생의 높은 곳에서는 겸손하라.
그렇게 한다면 어디에 던져져도 잘 살게 될 것이다!

03

얼마 전 언론사에 다니는 친구를 대신해 나무 심는 회사를 창업한 대표를 인터뷰하게 되었다.

밭두렁에 들어서니 놀랍게도 백발이 된 노인이 나를 맞으러 나왔다. 나는 한참을 머뭇거리다 그분이 인터뷰 대상자임을 확인했다. 그는 "그 사람이 바로 접니다."라며 너털웃음을 지었다.

　70대 후반이 훌쩍 넘은 그가 산과 물이 아름다운 이곳에 노후를 보내러 온 게 아니라, 창업하러 왔다니! 의아함과 궁금함이 샘솟았다.

　할아버지는 젊었을 때 국제대회에 참가한 경험이 있는 레이싱 경주 선수였다. 직접 팀을 꾸리고 후원할 기업을 찾아 발품을 파는 쉽지 않은 선수 생활을 했다. 그럼에도 레이서라는 직업에 대한 애착이 커서 그만둘 수 없었다. 주변 지인들이나 친척들은 하나같이 안정적인 직업을 가지라며 한마디씩 했지만 신경 쓰지 않았다. 또한 자본이나 지원이 풍부하든 그렇지 못하든 상관하지 않았다. 그는 온전히 자신만 믿고 조금씩 국제대회에 진출했다. 그 과정이 얼마나 힘겨웠는지는 그 자신만이 안다.

　그는 오로지 자신이 사랑하는 것을 위해 끊임없이 어려움을 극복했고 평온한 마음가짐으로 살았다. 현재 70대 후반이지만 그의 몸값은 만만치 않다. 자산 운용을 잘해서 경제적인 부도 이뤘다.

　지금은 자신이 연구 개발한 관상용 버드나무를 심고 있다고 한다.

　이것이 바로 지혜로운 삶의 자세다. 풍족한 삶은 겉으로 호화로운 삶이 아니라 어디에 있든, 어떤 나이대이든 애정을 가지고 최선을 다하는 데 달려 있다. 자신이 원하는 삶을 위해 차근차근 계획을 세우고 여유 있게 나아가 보자. 달라이 라마는 이렇게 말했다.

"다른 사람과 비교하지 말고
어제의 자신보다 나아질 것을 목표로 삼으라!"

초소궤의 글

나는
나를 키운다

01

이상과 현실의 괴리가 큰 사람들이 있다. 일전에 복잡한 지하철을 타고 출근하는 여성들 대부분이 왜 샤넬 가방을 메고 다니는지 궁금하다는 질문이 온라인에 올라온 적이 있었다. 지하철을 타고 다니면서 비싼 명품 가방을 멘 것이 어울리지 않는다는 것이다.

이에 대한 갑론을박이 분분했다. 그것에 대한 견해는 각자가 지향하는 인생을 대변한다. 사람마다 종착지는 다르지만, 인생에서 기쁨을 느낄 수 있는 사람은 반드시 자신만의 개성으로 즐겁게 노래하며 나아갈 것이다. 인생은 미래가 아니라 '지금 이 순간'에 달려 있다. 자신을 잘 다루면 하루하루가 성공이다.

아름다움을 사랑하라

첫인상이 중요한 만큼 이미지는 첫 번째 명함이라 할 수 있다. 우아한 여성은 많은 사람의 존경을 받는다. 우아한 여성이란 삶에서 무엇을 추구하는가에서 나타난다. 자신에게 기꺼이 투자할 때 삶을 창조할 수 있는 에너지가 생긴다. 아름다움에 대한 사랑은 단순히 물질을 추구하는 것이 아니다. 꿈을 향한 끈질긴 태도이며 어려움에 직면하는 자세다.

패션계의 거물인 코코 샤넬은 미천한 신분의 출신이다. 샤넬이 태어날 당시 부모는 정식으로 결혼하지 않아서 사생아 신세였다. 여섯 살 때 어머니가 세상을 떠나고 아버지는 밖으로 돌며 허랑방탕하게 지내는 바람에 그녀는 이모 손에서 자랐다. 어린 시절의 생활은 불우했지만 꿈이 있던 샤넬은 늘 창밖을 내다보며 아름다움을 추구하는 마음을 잊지 않았다.

그녀는 학교에 다니며 바느질 연습을 꾸준히 해 실력이 뛰어났고, 아름다운 미모와 독특함으로 인기를 끌었다. 이후 배우자를 만났지만 현격한 신분 차이로 그의 집안에서 하녀와 같은 대우를 받았다. 귀족 생활이 자신을 얽어맨다는 것을 깨달은 샤넬은 바로 발길을 돌렸다.

인생은 샤넬에게 친절하지 않았다. 하지만 그녀는 항상 아름다움을 사랑했다. 샤넬은 올드 프렌치 백화점에서 여성 모자를 구입해서 정교하게 디자인하고 포인트를 주었다. 그 모자는 이색적인 스타일로 샤넬을 더욱 돋보이게 했고, 많은 여성 고객이 그녀의 아름다움을 감상하기 위해 그녀의 모자가게를 찾았다.

샤넬은 "패션은 하늘에, 패션은 거리에, 패션은 관점과, 우리의 라이프 스타일과, 매일 일어나는 일과 직결된다."라며 패션의 새로운 장을 열었다. 그녀의 검정 미니스커트는 전 세계에 팔렸으며, 샤넬 No.5 향수는 순식간에 매진되었다.

샤넬은 아름다움을 향한 사랑으로 인생의 고난을 이겨 내고 패션계의 신화를 일구어냈다. 또한 자기 자신도 아름다움의 대표주자로 자리매김해 역사에 길이 남을 스타일을 만들어 냈다.

아름다움을 사랑하는 여자는 품격 있는 인생으로 가꿔갈 수 있다. 진정 아름다움을 사랑하는 사람은 삶에 대한 자신만의 바람을 표현하고 드러내기 때문이다. 아름다움을 사랑하고 정교함이 습관이 되게 하여 날마다 더 나은 자신으로 거듭나야 한다.

교양에서 매력이 나온다

중국 현대문학을 대표하는 작가 싼마오는 일찍이 책을 많이 읽으면 용모가 저절로 바뀐다고 했다. 세월은 우리의 꽃다운 모습을 앗아갈 수 있지만, 독서는 우리를 기품 있게 하여 오랫동안 향기가 나게 한다.

한 사람의 품격에는 그가 읽었던 책, 걸어온 길,
사랑했던 사람이 숨어 있다.
매력적인 여자는 교태나 애교가 아닌
세월이 지나도 사라지지 않는
이러한 기품을 가지고 있는 사람이다.

첸중수는 중국을 대표하는 현대문학가이자 전 칭화대 교수이다. 칭화대학교 3대 천재 중 한 사람으로 꼽히는 첸중수가 양장에게 첫눈에 반한 것은 그녀의 품격 있는 재치 때문이었다. 그들은 만나자마자 사랑에 빠졌다.

양장은 학자 가문 출신으로 독서를 매우 좋아했으며, 첸중수보다 작가로 더 이름을 날렸다. 결혼 후, 두 사람은 서로 누가 더 책을 많이 읽는지 겨루기도 하고, 함께 책을 읽고 느낀 점을 토론하기도 하며 끊임없이 깊은 대화를 나눴다.

첸중수가 장편소설 『포위된 성』을 쓸 때 양장은 곁에서 함께했다. 그녀는 교양이 있고 사리에 밝아 늘 첸중수의 책 속 깊은 뜻을 간파해 흥미로운 점을 짚었고, 그럴 때면 두 사람은 마음이 일치했다는 생각에 환하게 웃었다. 첸중수는 마음을 터놓고 대화할 수 있는 그녀에게 더욱 감동해 늘 주변 사람들에게 아내의 총명함을 칭찬했다.

외모는 늙기 쉬우나, 품격은 오래 남는다. 양장은 독서를 좋아했고, 자신의 재능으로 첸중수의 평생 반려자가 되었다. 말년에 첸중수는 그녀를 "가장 현명한 아내, 가장 재능 있는 여성"이라고 칭찬했다고 한다.

품격은 자신의 품위와 수양이 직접 드러나는 것으로 책을 읽는 것은 바로 품격을 만드는 '조각칼'로 자신을 빚는 시간이다. 책을 많이 읽을수록 품격은 높아진다. 읽은 모든 책은 은연중에 몸에 스며들어 우아함과 품격을 만들고 앞으로 나아갈 길을 밝혀 준다.

열심히 살면 온 세상이 갈채를 보낸다

인생은 고달프지만 성실한 사람을 푸대접하는 법은 없다. 하루하루 충실히 살아갈수록 인생은 자연스럽게 풀린다.

성실한 삶이란 뭘까? 매일 적극적이고 낙천적인 태도를 유지하며, 주변의 작은 일도 소홀히 하지 않고 매 순간 배우는 자세로 최선을 다하는 것이다. 우리는 모두 그저 평범한 사람일 뿐이어서 노력을 해야 반짝반짝 빛이 난다. 열심히 사는 모습에 세상은 갈채를 보낸다.

유명한 작가 라오쉐만은 영화배우 천이한을 처음 만났을 때, 인형 같다며 너스레를 떨었다. 천이한은 큰 눈에다 생기 넘치는 소녀 같은 모습이었다. 사람들은 하마터면 그녀가 곧 마흔 살이라는 것을 까먹을 뻔했다. 이러한 모습은 모두 그녀의 성실한 자기 관리 덕분이었다.

어린 시절 천이한은 돌봐 주는 사람이 없어 혼자 노는 시간이 많았다. 자연의 품속에서 나무에 오르고 물고기를 잡으며 보냈다. 아주 어렸을 때부터 아르바이트하며 돈을 벌었는데, 고달픈 삶이었지만 누구를 원망하거나 불평하지 않았다. 일을 대충대충 하지도 않았다. 그녀는 바쁘게 지내는 자신의 삶이 즐겁고 좋다고 했다.

실제 결혼한 커플의 삶을 보여 주는 리얼리티 예능 프로그램인 <행복 삼중주>에서 사람들은 결혼한 천이한에게 더욱 깊이 감동했다. 아침 일찍 일어나서 그녀가 하는 첫 번째 일은 햇빛을 받으며 요가를 하는 것이다. 남편과 자전거를 타거나 산책을 할 때면 그녀는 끊임없이 질문하고 길가의 이름모를 풀이나 야생화들을 관찰한다. 그녀는 소소한 삶의 즐거움을 잘 찾고 어떤 일에도 생기 넘치는 모습을 보이며 적극적이고 열심이다. 그녀는 마치 햇빛이 비치는 것처럼 화사하게 빛났다.

천이한이 요가를 할 때면 남편은 옆에서 사진을 찍는다. 그녀가 공부할 때 남편은 옆에서 조용히 독서를 한다. 이렇게 열심히 사는 모든 순간은 시청자들의 관심을 끌었고, 많은 이들이 그녀에게 박수갈채를 보냈다.

자기 자신만의 부드러움이 있어야 한다. 열심히 사는 사람은 더 매력적이고, 일상을 재미있게 만들며, 모두에게 즐거움을 전한다.

열심히 적극적으로 삶을 개척해 간다면 온 세상이 발걸음을 맞추며 새로운 즐거움을 주려고 한다는 것을 깨닫게 될 것이다.

린칭쉔은 저서에서 "담백한 즐거움은 다른 곳에서 오지 않고, 평온하고 소박하며 검소한 삶에 대한 애착에서 온다."라고 말했다.

풍요로운 삶은 돈이 많다고 해서 이뤄지는 것이 아니라, 삶의 진정한 의미를 알아야 가능하다.

우리가 지향해야 할 삶은
욕심은 없지만 어느 정도 자기만의 철학이 있고,
정교하고, 섬세하고 적극적으로 앞으로 나아가는 것이다.
삶의 참된 의미를 배우고,
내면 깊은 곳에서 낙천적인 자신을 발견하라.
마음가짐을 바꾸면
그 삶이 바로 옆에 있었다는 것을 발견할 것이다.

불위이샤오샤오의 글

세상에서
가장 자유로운 시간

01

세월은 정말 빠르게 흐른다. 대만의 시인 위광중도 "돌아보니 바람에 검은 머리칼이 흩날렸는데 다시 보니 어느새 머리가 새하얘졌다."라고 썼다.

대부분 세월을 제대로 음미해 보지도 못한 채 어느새 중년에 접어든다. 중년이 된 사람은 이따금 나이와 관련해 실낱같은 애증이 뒤섞인 착각을 한다. 연로한 부모 앞에서는 여전히 앳되고 어수룩한 어린아이처럼 보이지만, 아이들의 눈에 그들은 어느새 갑옷을 걸치고 무엇이든 할 수 있는 영웅으로 비친다는 것.

그만큼 누군가 어떤 시각으로 자기 삶을 바라봐 주는 가에 따라 달라진다.

이 세상에 존재하는 다섯 가지 맛인 신맛, 단맛, 쓴맛, 매운맛, 짠맛을 중년의 사람들은 하나하나 맛보았고, 점차 고통과 기쁨이란 모두 삶의 표상임을 깨닫는다. 마음이 흐트러지지 않고, 정에 얽매이지 않으며, 미래를 두려워하지 않으며, 과거를 후회하지 않는다.

인생의 후반전을 사는 가장 좋은 방법은 평범한 하루하루의 일상에서 자신의 깨끗하고 소박한 진심을 지키는 것이다.

여유로운 마음

작가 왕쩡치는 『인간초목』에서 "세상 만물에는 '정'이 있고, 제일 얻기 어려운 것은 '여유로운' 마음이다."라고 썼다. 어려움 앞에서도 당황하지 않고, 힘든 상황에서도 여유로운 마음을 갖는 것이 가장 높은 정신의 경지라는 것이다.

진정한 부유함은 내면의 여유로움과 침착함에서 나온다. 시인 육유의 시는 몇백 년이 지나도 여전히 사람들의 마음에 감동을 준다.

"어젯밤 바람이 집 안을 들썩이고 오늘 아침 비로 벽이 무너져도, 밥 지을 쌀이 바닥나도, 들에서 부르는 노래는 끊이지 않는다."

집에 비가 새고, 담장이 무너지고, 쌀통이 비고, 병에 걸리고, 앞

날이 분명치 않은 상황에서도 숨 쉴 여유가 조금이라도 남아 있으면, 침착하고 여유롭고 낙천적인 사람들은 넓은 들판에서 춤을 추며 노래를 부를 것이다. 이는 흐르는 세월에서 얻은 인생의 잠언이자 인생 후반전에 몸과 마음을 편하게 하는 가장 좋은 방법이다.

조급함은 떨쳐 버리고
차분하게
걱정은 뒤로 하고
느긋하게
잘 될 거라는 믿음으로!

02

혼자 있는 것을 즐긴다

고독에 대해 작가 린위탕은 흥미로운 답을 내놓은 바 있다.

그는 "고독孤獨이란 두 한자를 뜯어보면 아이도 있고 참외 열매도 있고 작은 개도 있고 나비도 있다. 한여름의 저녁 골목길을 연상시킬 만큼 인간적인 글자다."라고 표현했다. 대부분의 사람에게 고독은 냉정해질 수 있는 가장 좋은 방법으로 작용하기도 하지만 사실 고독은 자유롭고 편안한 것이다.

인기 드라마 <안가>에서 주인공은 1년 여 동안 팔리지 않던 집을 산부인과 의사에게 팔았다. 의사는 이 결함 있는 집을 처음 보았을 때 내심 망설였다. 하지만 별을 볼 수 있는 다락방을 보자 마음이 바뀌었다. 주인공은 의사에게 "당신이 지치고 짜증 나고 만신창이가 된 듯 느껴질 때 여기서 혼자만의 시간을 가질 수 있어요."라고 집을 소개했다.

혼자만의 공간을 가진다는 것.
오롯이 자기만의 세계를 만든다는 것.
누구도 신경 쓰지 않고
아무런 생각하지 않고
자신을 느낄 수 있다는 것!

산과 강을 보며 홀로 바람 소리, 빗소리를 들으며 잠을 잘 수 있다. 의사에게 홀로 있는 것은 세상에서 가장 귀한 자유로운 시간인 것이다. 그는 열심히 일만 하다 보니 시와 낭만을 잊은 지 오래였다. 그런데 이렇게 혼자 있을 수 있는 공간이 있다니 잃어버린 천진난만한 꿈을 되찾아 줄 것만 같았다.

홀로 있을 때 '하늘과 땅 사이를 거닐며 스스로 만족하는' 최상의 경지에 도달할 수 있다. 혼자 있는 것은 하나의 미덕이며, 자신의 영혼과 대화할 수 있는 유일한 방법이 될 수 있다.

혼자 있는 것과 고독을 즐기고, 인간 세상의 소소한 즐거움을 즐길 줄 아는 것이 인생 후반전의 강을 지혜롭게 건너는 하나의 방법이라 할 수 있다.

03

만족을 알면 항상 즐겁다

반쪽 성자로 불리는 증국번은 이렇게 말했다.

> 만족을 알면 세상이 넓어지고, 욕심을 부리면 우주도 좁아진다.

만족할 줄 아는 것은 선망하지 않고, 질투하지 않으며, 원망하지 않는 것을 의미한다. 세상은 마음의 크기에 따라 넓어지고, 해와 달도 마음의 밝기에 따라 밝아진다. 하지만 세상 대부분의 사람들에게 만족할 줄 아는 것은 세월이 어느 정도 흐른 뒤의 삶의 지혜다. 재산이 아무리 많아도 하루 세 끼 먹는 것은 똑같다. 집이 아무리 넓어도 밤에 잠자는 시간은 평균적으로 비슷하다.

행복은 물질보다는 마음가짐에 따른다. 소위 말하는 인생의 승자란 만족하고, 기뻐할 줄 알며, 눈앞의 행복을 소중히 여기는 사람들이다.

『채근담』에는 "만족할 줄 아는 사람은 어디에 있든 극락이지만 만족할 줄 모르는 사람은 어디에 있든 지옥이다."라는 말이 있다.

만족할 줄 아는 사람은 수렁에 있어도 저절로 신선과 같이 살고, 만족할 줄 모르는 사람은 향기로운 꽃과 비단에 둘러싸여 있고 따뜻한 불과 향유가 있어도 무미건조하다.

인생을 살아갈수록 만족할 줄 아는 자가 편안히 누릴 수 있다.

사랑스러운 시선으로
자신의 삶을 바라보자.
썩,
대견하게 오늘을 살아내고 있지 않은가.
'이 정도면 됐다!'

04

내려놓을 줄 안다

무릇 사람이 늘 번뇌하는 까닭은 세상살이의 여덟 가지 어려움을 떼어낼 수 없기 때문이다.

'올바로 사는 것, 늙는 것, 병 드는 것, 죽는 것, 사랑하고 이별하는 것, 원망하고 미워하는 것, 원하는 것을 얻지 못하는 것, 속세의 어려움'이다. 이 어려움 하나하나가 매달릴 수밖에 없도록 집념이 생기게 한다. 이것들을 내려놓는 것이 인생 후반전을 똑똑하게 사는 자세다. 포대화상은 "걸으면서 수행하고, 앉아서도 수행하고, 모든 것을 내려놓으니 얼마나 자유로운가."라고 말했다.

사실 우리는 마치 어떤 무거운 자루를 메고 세상을 걸어 다니고 있는 것과 같다. 한 걸음 한 걸음씩 걸으며 어떻게 이 자루를 더 채울지 생각하지만, 오래 걸을수록 어깨가 무거워진다. 인생길의 마지막에 이르러서야 얼마나 힘들게 살아왔는지 깨닫는다.

왜 부질없는 욕망을 내려놓지 못하는 걸까? 내려놓으면 만사가 자유로워지는데 말이다. 그 자루를 내려놓아야만 우리는 소박하고 진실한 자아를 되찾을 수 있다.

마음에 걸리는 것이 없는 시간이야말로 인생에서 가장 소중한 나날이다.

　중년이 되고 노년이 되면서 우리는 만사가 깨달아지기도 한다. 시간을 여유롭게 마주하고 어차피 다 지나가는 세월을 고독하게 흘려보내고, 만족할 줄 알고 떠다니는 인생에서 내려놓는 법을 그제야 배우는 것이다.

　마음이 편안해야 몸도 편안하다. 이것이 인생의 절반을 보낸 우리에게 가장 좋은 삶의 방식이다.

더 늦기 전에 삶을 사랑하자.

자신을 아끼는 마음으로

버거운 짐 내려놓고

잠시 그늘에 들어가 땀을 닦아라.

당신은

그 어떤 누구보다 훨씬 더 귀한 사람이다.

완비칭칭의 글

마음에 걸리는 것이 없는 시간이야말로
인생에서 가장 소중한 나날이다.

진정한 영웅은 인생의 참모습을 알고도
순진하고 변함없이 인생을 뜨겁게 사랑한다.

2장

더 뜨겁게 사랑하기를

성장한다는
말의 의미

01

비 온 뒤에 땅이 굳어지듯 성장하려면 방황하고 주춤거리고 몸부림치며, 고통에 시달리는 시간들을 겪어야 한다. 삶은 냉정하다. 노력한다고 해서 반드시 보답이 있는 것도 아니요, 힘껏 성장한다고 해서 반드시 높은 곳에 설 수 있는 것도 아니다.

열심히 노력하고도 얻는 것이 없을 때 우리는 쉽게 우울의 구렁텅이에 빠진다.

'노력은 정말 쓸모가 있을까? 성장한다는 건 무슨 의미일까?'

2년 전 어느 밤, 한 독자가 위챗으로 나에게 상담을 요청해 왔다. 나는 마침 급한 원고 한 편을 마무리하고 한숨 돌리려던 참이라 다소 편안한 마음으로 이야기를 나눌 수 있었다.

그는 빈농 출신으로 아버지는 여러 해 동안 병환으로 힘든 일을 할 수 없었고, 어머니 혼자 생활을 책임져야 하는 환경에서 자랐다. 옛말에 가난한 집 아이가 일찍 철이 든다는 말이 있다. 그는 고등학교 때부터 여름방학이면 아르바이트를 하며 어머니의 짐을 덜어 주려 했다. 그럼에도 그의 성적은 학년 10위권 밖으로 밀려난 적이 없었다. 대학수학능력시험에서 안정된 실력을 발휘해 그는 명문대학을 전액 장학금으로 다녔다. 대학을 졸업한 후에는 곧바로 취업에도 성공했다.

그런 그가 나직하면서도 담담하게 털어놓았다.

"여러 해 동안 열심히 노력해 왔고, 초과근무 수당을 더 받기 위해 저는 몇 달 동안 단 하루도 쉬지 않았어요. 더 나은 발전을 위해 학원을 다니며 여러 자격증도 취득했어요. 하지만 이렇게 노력해도 우리 집 형편이나 제 생활이 별반 나아질 기미가 보이지 않아 마음이 정말 힘드네요."

그의 말을 열심히 들어주긴 했지만, 뭐라 위로의 말을 해야 할지 알 수 없었다. 나는 그에게 "힘들면 멈추고 잠시 쉬었다가 다시 출발해라. 노력의 의미를 의심하지 말아라. 첫째로 당신에겐 노력 외에 더 나은 선택이 없는 것 같다. 둘째로 만약 당신이 이러한 성장 리듬을 유지하며 매일 조금씩 발전하고, 자신에게 약간의 인내심과 자신감을 가진다면, 반드시 보답을 받을 것이라고 믿는다."라는 말로 위로할 수밖에 없었다.

어쩌면 누군가 귀 기울여 자기 얘기를 진심으로 들어주었다는 것에서 위로가 되었을지도 모른다.

이후 2년이 지난 어느 날, 그가 지난시에 집을 샀고, 비록 번화한 선전은 아니지만 성도省都에 자신의 집을 갖게 됐다는 소식을 들었다. 더 기쁜 것은 그가 창업을 했고 사업 운영이 잘 되고 안정되어서 모든 것이 좋은 궤적을 향해 가고 있다는 것이었다.

아름다운 인생은 결코 멀리 있지 않다. 아무리 자신의 처지가 엉망일지라도 매일 조금씩 성장하고 매일 조금씩 위로 올라갈 수 있다면, 언젠가는 원하는 삶을 살 수 있을 것이다. 이것이 바로 열심히 성장한다는 말의 의미다.

가끔 지치고 힘들다.
한계가 림보의 가로막대처럼 나를 압박한다.
그렇다면 숨을 한번 크게 내쉬고
하늘을 보자.
우주는 넓고 광활하지만

그 안에 '내'가 있음이
새로워진다.

02

작은 성장도 우습게 생각하지 마라

"한 걸음 한 걸음이 쌓이지 않으면 천 리에 이를 수 없고, 작은 물줄기가 쌓이지 않으면 강이나 바다가 될 수 없다."

순자의 「권학편」에 나오는 말이다. 위 상담자가 언젠가는 원하는 삶을 살 수 있다고 생각했던 것은, 꾸준히 성장하는 것의 힘을 믿었기 때문이다. 비록 매일 조금씩 성장하는 것이 아주 미미해 보이지만, 참고 견디면 축적이 일어나고 양적 변화는 질적 변화를 불러일으킨다. 그 폭발하는 에너지는 종종 매우 놀랍다.

그런데 요즘 같은 물욕이 넘치고 빠르게 발전하는 시대에는 '조금씩' 올라가는 처세술이 너무 어리석어 보여서 무시하는 사람들이 적지 않다.

1인 미디어를 시작하고 몇 년 동안 많은 독자를 만났다. 그런데 그들 중에는 이해가 조금은 어려운 가치관을 가진 이들이 많았다.

그들 대부분은 첫술에 배부르는 것이 가능하다고 내다봤다. 사람들은 지름길을 추구하다 보니 한달음에 하늘에 가닿기를 꿈꾸고 하루아침에 돈벼락 맞기를 꿈꾼다. 그러면서 성장과 발전의 필연적인 법칙을 무시하는 사람들이 늘어나고 있다.

이처럼 지름길을 걷고 싶어 하는 사람들의 생각에 반대하지는 않는다. 효율적이고 똑똑하게 노력할 수 있다면 이것은 놀라운 재능이다. 나 또한 세상에 지름길이 있다는 것을 부인하지 않는다. 마치 샤오미의 창시자 레이쥔의 말처럼 말이다.

"바람이 통하는 곳에 서면 돼지도 날아오를 수 있다."

그러나 우리는 두 가지 문제를 생각해 봐야 한다. 첫째, 한 번 바람이 지나가고 나면 날아오르던 돼지가 떨어질 수 있다는 점, 다른 하나는 일반인들은 대개 이 바람을 알아채기 힘들다는 점, 그리고 이 바람이 얼마나 오랫동안 불 것인지, 하루인지, 한 달인지 전혀 알 수 없다는 점이다.

어떤 업종이든 끈기 있게 붙들고 있는 사람이나 기업이 어리석어 보이는 것 같아도 그들이 오래 살아남을 확률이 높다. 청나라 정치가 증국번도 "천하의 어리석음은 천하의 기묘함을 능가한다."라고 했다. 실제로 묵묵히 공들여 조금씩 성장하고 착실하게 행동하는 사람들이야말로 참으로 똑똑한 사람들이다. 그들은 보통 자신이 착실하게 쌓아 온 지식을 잘 드러내지 않는 편이다. 그렇다면 착실하게 쌓아 올린 힘은 얼마나 강력할까. 재미있는 등식이 하나 있다.

$1.01^{365}=37.78$, $0.99^{365}=0.03$. 겉으로 보기에는 1.01과 0.99의 차이가 미미하지만, 전자는 매일 조금씩 성장하는 반면 후자는 매일 조금씩 퇴보하며, 해가 거듭될수록 이 둘의 차이는 매우 커지고, 나중엔 하늘과 땅만큼 차이가 생긴다.

다시 깊이 살펴보면, 1.02와 0.98의 경우, 이들 사이의 원초적인 차이는 작다. 하지만 축적된 결과는 $1.02^{365}=1377.41$, $0.98^{365}=0.0006$이다.

성장은 눈에 보이지 않을 정도로 미미해도 쌓이면 놀랍다. 아직 일정한 수준에 이르지 못해서 질적 변화가 일어나지 않은 만큼 계속해서 쌓고 성장해야 한다.

인생길의 그 한 방울의 성장을 결코 가볍게 여기지 말고, 성장에 몰두하며 묵묵히 조금씩 성장해 가는 사람을 우습게 여기지 마라. 이런 사람들이야말로 정말 일을 잘 해내는 것은 물론 멀리 갈 수 있는 사람들이다.

그랜드캐니언의 경이로움은 하루아침에 완성되지 않았다. 일 분 일 초에 희로애락을 담고 성공과 좌절, 아픔과 사랑을 더해 나만의 지층을 완성해 보자.

파고든 만큼 누리는 기쁨이 있다

경제적인 관점에서 본다면, 꾸준한 성장의 의미는 우리가 인생을 새로 쓰고 대세를 바꾸고, 더 나은 삶을 영위할 수 있도록 도와준다는 데 있다. 하지만 성장의 의미는 그 이상이다.

어떤 아이의 성장에 관한 짧은 광고 영상을 본 적이 있다. 축구를 좋아하는 어린 소년이 나오는데, 그는 천부적인 재능이나 기본기가 부족해 낙담하고 있었다. 다행히 그에게는 끊임없이 격려해주는 훌륭한 어머니가 계셨다. 어머니의 격려에 힘입어 자신감을 되찾은 소년은 매일 자신의 약점을 꾸준한 연습으로 바꾸어 나갔고, 결국 경기에서 자신이 가장 힘들어하던 헤딩으로 골을 터뜨려 팀을 승리로 이끌었다. 소년의 어머니는 이렇게 말했다.

"나는 아이가 항상 1등 하길 원하는 것이 아니라 매일 조금씩 자신을 넘어서길 바랄 뿐입니다."

성장의 가장 큰 의미는 끊임없이 도전하고, 자신을 넘어서는 데 있다. 중국의 유명 아나운서인 바이옌쑹은 이렇게 말했다.

"어떤 종목이 인생과 가장 비슷한지 물어보는 분들이 많은데 저는 '높이뛰기'라고 생각합니다. 마지막 한 선수만 남았더라도, 크로스바를 1cm 더 올려 또 한 번의 스퍼트를 내야 합니다. 반드시 마지막 실패로 성공을 정해야 합니다."

　도전의 실패로 성공을 고하는 것은 높이뛰기의 규칙이자 한 사람의 성장의 궁극적인 상태이다. 그렇기에 성장하는 길에는 진정한 패배자는 없고 도전자만 있다.

　흔히 인생을 하나의 '수행'에 비유하기도 한다. 진정으로 훌륭한 인생은 끊임없이 자기 자신을 보완하고 업그레이드하는 과정이다. 더 나은 것만 있을 뿐, 최고나 영원한 상한선은 없다. 사상가 후스 선생이 독서에 대해 "진리는 무궁무진하다. 파고드는 만큼 기쁨이 있다."라고 한 말처럼 말이다.

인생길의 성장도 그러하다.
파고든 만큼 기쁨이 있을 뿐,
결과나 끝을 질문할 필요가 없다.

통쉬얼의 글

아무리 당신의 처지가 엉망일지라도
매일 조금씩 성장하고 매일 조금씩 위로 올라갈 수 있다면,
언젠가는 원하는 삶을 살 수 있을 것이다.

당신의 인생에
당연한 것은 없다

01

만약 삶에 굴곡이 없다면, 우리는 모든 것을 당연한 것으로 여길 것이다. 또한 갖고 싶지만 아직 얻지 못한 것에 대해서 불안해하고, 다른 사람이 가진 것은 항상 더 나아 보이고 최고라고 생각한다.

영화 「괜찮아요, 미스터 브래드」에서 중년의 위기에 빠진 브래드는 친구들의 잘나가는 모습 때문에 매일 열등감에 시달린다. 한 친구는 파이어족으로 자신이 세운 과학기술회사를 40대에 팔고 해변에서 일광욕을 한가롭게 즐긴다. 하지만 자신은 비영리단체 업무를 위해 사방팔방 뛰어다니는 신세다. 세계를 누비며 강연을 다니는 친구, 백악관에서 일하는 친구, 하버드대학교에서 교수로 일하는 친구 등 모두 존경받는 위치에서 자기 역량을 발휘하고 있는데 자신은 어느 만찬 장에서 5분의 존중도 얻지 못하고 있다.

우리는 비교할수록 불행해진다는 것을 잘 알고 있다. 남들과 비교하는 순간 자신의 실패가 더욱 부각되고 시간이 지날수록 더욱 스스로에게 절망하게 된다.

브래드가 하버드대학교에 재학 중인 한 여성에게 이런 열패감으로 괴로워한다고 말하자 그녀가 한마디 했다.

"당신은 정말 운이 좋은 것 같아요. 50세가 되어도 여전히 세상이 자신을 중심으로 돌아간다고 생각하니 말이에요. 당신이 진짜 가난에 대해 생각해 본 적이 있는지 모르겠어요. 제가 인도 델리에 있는 엄마 집에 갈 때면, 그곳의 많은 사람이 2달러로 하루를 사는 것을 봅니다. 그들은 사람들에게 무시당했다고 불평하지 않아요. 음식을 먹을 수 있다는 것만으로도 즐거워하죠. 당신은 잘 살고 있고 이미 충분히 누리고 있어요."

그녀의 말은 나를 일깨웠다. 나는 아직 중년이 되지는 않았지만 나 또한 내 주변의 성공한 친구들의 모습을 지켜보면서 위기의식을 느끼고 있었던 것이다. 한 고등학교 동창은 인플루언서로 활동하며 사업을 멋지게 성공시켰고 상하이에 있는 대학 동문은 「포브

스」선정 90년대생의 영향력 순위에 이름을 올렸다. 영화 주인공인 브래드처럼 주변 사람들이 성공하자 난 마음이 불안해졌고, 내가 남보다 못하다는 느낌이 들었다. 나는 돈도 없고 권력도 없고 배경도 없고 명예도 없어 보였다. 깊은 밤이면 늘 자괴감이 밀려왔고, 뒤척이며 잠을 이룰 수 없었다.

그런데 그녀의 말에 내 삶을 돌이켜 보니 내가 가진 것들은 적어도 편안한 삶을 살 수 있게 해 주고 있었다. 좋아하는 샤브샤브를 먹고 쇼핑하고, 전시회를 다니는 등 사실 나는 충분히 운이 좋았다.

02

위기의 근원은 다른 사람이 나를 어떻게 생각하느냐가 아니라, 자신이 자기 삶을 어떻게 생각하느냐에 달려 있다. 세상에는 정말 나보다 어렵고 힘든 이웃들이 얼마나 많은가.

지금껏 살면서 내 머릿속을 떠나지 않는 아주 힘든 장면이 하나 있다. 그날 나는 출근길 교차로에서 빨간불 신호등에 멈춰 멍하니 앞을 주시하고 있었다. 그때 한 중년의 여자가 운전 중이던 트럭을 향해 곧장 걸어가는 게 아닌가. 트럭은 세차게 브레이크를 밟았고,

그 여자는 땅바닥에 주저앉아 울부짖기 시작했다.

"날 치어 죽여라. 난 살기 싫다!"

쉰 목소리로 외치는 그 소리를 듣자니 가슴이 찢어지는 것 같았다. 도대체 어떤 슬픔이 그녀에게 이런 행동을 하게 만들었는지 모르겠다. 다만 그녀는 상상하기 힘든 고통을 겪었으리라는 짐작만 할 뿐이었다.

인생은 어려움의 연속이다. 살아 있는 한 곤란한 일은 늘 벌어진다. 크고 작은 상상하기 힘든 고통을 겪는다. 하지만 삶은 계속되어야 한다. 보노보노의 말처럼 말이다.

"곤란하지 않게 사는 방법 따윈 결코 없다.
그리고 곤란한 일은 결국 끝나게 돼 있다!"

어느 해 8월, 여름 무더위에 회사에서 워크숍을 떠났다. 차 한 대를 대절하고 운전기사와 가이드 한 분이 동행했다. 우리는 관광지를 둘러보고 피곤하면 호텔로 돌아가 휴식을 취하고, 저녁이 되면 다시 모였다. 우리가 휴식하고 있을 때 가이드와 운전기사는 어디에서 무얼 하는지 생각해 본 적이 없었다. 그런데 호텔에서 잠깐 눈도 붙이며 휴식을 취하던 동료가 휴대전화를 차에 두고 왔다며 다시 지하주차장으로 휴대전화를 가지러 내려갔다.

동료가 차에 오르자 후텁지근한 더위가 훅 끼쳤다. 가이드와 운전기사는 돈을 절약하기 위해 에어컨도 켜지 않고 조용히 차 안에서 대기하고 있었던 것이다. 가장 더웠던 8월 중순, 지하 주차장에는 환풍기도 없이 무더웠고, 이들은 오후 내내 그곳에 있었다. 그 시간 우리는 에어컨을 가장 낮은 온도로 맞춰 놓고 이불을 덮은 채 서늘하게 호텔에서 잠을 잤다.

지구 온난화로 갈수록 더워지는 여름에 에어컨이 없는 곳은 정말 괴롭다. 야외에서 일하는 사람들은 어떻겠는가. 도로 한가운데서 아스팔트 작업을 하는 노동자들, 공사장에서 안전모를 눌러 쓰고 콘크리트더미와 씨름하는 인부들, 뜨거운 햇살 아래 아슬아슬하게 매달려 빌딩 창문을 닦는 스파이더맨 등, 그들의 땀방울의 수고로움과 힘듦을 우리는 잊고 산다.

드라마 「스캄」에 나오는 대사이다.

만나는 사람마다
네가 모르는 전투를 치르고 있다.
친절하라! 그 어느 때라도.

누구를 만나든 우리가 알지 못하는 그 사람은 자신만의 힘든 일을 겪고 있을 것이다. 내가 대학원에 다닐 때부터 알고 지내던 한 친구가 있다. 그는 매일같이 유쾌해서 모임에 그 사람만 있으면 지루할 새가 없었다. 나는 그와 함께 노는 것을 좋아했다. 그는 영원히 즐거울 것 같았고 상대를 즐겁게 해 주는 그런 사람이었다.

그런데 하루는 샤브샤브를 먹다가 그가 갑자기 "나 우울증에 걸렸어."라고 말했다. 처음엔 장난인 줄 알았다. 나는 소고기를 집으려던 젓가락을 멈추고 그를 쳐다보며 정말이냐고 되물었다. 그는 늘 불면증에 시달리며 우울증 약에 의지해야만 잡생각을 하지 않는다고 말했다. 심지어 어떨 때는 자해를 하는 것도 좋겠다는 생각이 든다는 것이다. 그 순간 나는 정말 굳어 버렸다. 우울증은 나와 멀리 있는 줄로만 알았는데, 이렇게 가까이 있을 줄이야. 나는 그를 어떻게 위로해야 할지 몰랐다. 어쩌면 그전과 똑같이 그를 대하는 것이 가장 큰 위로일지도 모른다. 나는 겉으로는 담담하게 구체적인 상황을 물었지만 마음속으로는 매우 가슴이 아팠다.

모든 사람은 감추고 싶은 부분이 있고, 자신만의 슬픔과 고통이 있다. 단지 표현하지 않을 뿐이다. 방금 맛난 음식과 깔깔거리는 수다로 즐겁게 보낸 사람이 집으로 돌아가면서 누군가에게 "외로워서 눈물이 나."라는 카톡을 보낼 수도 있다. 요즘 생활이 괜찮다고 말하는 친구가 내일 갚아야 할 신용카드 대금 때문에 초조해할 수도 있다. 말하기 힘든 병을 안고 살아갈 수도 있고, 견딜 수 없는 고통을 감내하고 있을 수도 있다. 그들은 힘든 하루를 고집스럽게 버틴 다음 우스갯소리를 하며 괴로움을 달래고 있는지도 모른다. 유민홍의 말이 기억난다.

"어제도 괴로웠고 오늘은 더 괴롭고 내일은 더욱 괴로울 것이다. 하지만 모레는 매우 아름다울 것이다. 다만 대다수가 '내일 밤'에 죽을 뿐이다."

이 세상에는 상상하지도 못할 고통에 시달리는 사람도 있고, 누구다도 더 비참하지만 낙천적으로 살아가는 사람들도 있다. 절대적인 기쁨은 없다. 기쁨은 항상 자기 자신에게서부터 나온다. 작가 츠쯔젠의 말처럼 말이다.

> "이 문을 나서면 눈보라를 맞은 사람도 있고 무지개를 만난 사람도 있다. 호랑이와 늑대를 본 사람도 있고, 어린 양을 만난 사람도 있다. 봄에 떠는 사람이 있고 겨울에 노래하는 사람이 있다. 안개구름이 걷히면 결국 다 꿈일 것이다. 슬픔은 꿈이고, 모두 마음에서 빚어진다."

누구도 쉬운 인생은 없다. 인생 앞에서 우리는 모두 더듬대며 나아간다. 언젠가는 조금 더 나은 삶을 살고 결국 종착지에 도착해 과거의 쉽지 않았던 삶을 이야기할 날이 올 것이다. 그리고 우리가 평생 해야 할 일은 무수한 평범한 날들 속에서 고통을 참고 최선을 다해 사는 것이다.

브래드는 자신이 이미 누리고 있는 모든 것이 얼마나 행운인지 깨닫지 못했다. 우리 역시 현재가 우리의 남은 생애 중 가장 좋은 나이이며, 신체 건강하고 가족이 건재하고 평안한 시간이란 것을 깨닫지 못한다. 아쉽게도 우리는 자신이 이미 가지고 있는 아름다움을 깨닫지 못하고, 작은 일에 마음을 쓰며 마음이 멍들고 있는지도 모르겠다.

자기만의 영롱한 빛을 발하자. 고유의 색과 고유의 빛, 그 창연함에 당당하자. 오직 나만의 것이므로.

샤오창따런의 글

언제나 걸림돌은
나 자신이었다

01

　나는 작은 마을의 빈농의 자식으로 태어났다. 어릴 때부터 집안의 경제 상황은 늘 어려웠다. 초등학교 때 우리 집은 전기도 없었고 책상도 없었다. 나는 늘 어머니의 혼수품인 나지막한 서랍장에 엎드려 숙제를 했다. 등유를 서랍 위에 올려놨는데, 조금만 딴짓을 해도 머리카락이 등잔불에 타는 냄새가 났다.

　어린이날 공연을 위해 어머니는 고장 난 우산의 천을 떼어 내어 치마로 만들어 주셨다. 샌들이 망가졌을 때는 아버지가 벌겋게 달아오른 쇠붙이로 끊어진 곳을 이어붙여서 수선해 주셨다.

우리 가족의 경제 상황이 조금 나아진 것은 내가 대학을 졸업하고 직장에 들어간 이후였다. 대학수학능력시험은 내 운명을 어느 정도 바꾸었다. 나는 그때 도시 문과생 중에 1등을 했고 장학금을 받고 입학할 수 있었다. 대학에 입학하면서 생전 처음 대도시에 가 보게 되었다. 한 번도 성[*] 밖을 나가 본 적이 없었던 만큼 도시 문명은 나에게 엄청난 충격이었다. 나는 패딩을 본 적도, 입어 본 적도 없었다. 이 세상에 에어컨이나 라디에이터가 있는지도 몰랐다. 변기를 본 적도 없었고 사용해 본 적도 없었다. 화장실에 갔을 때 어떤 버튼을 눌러야 물이 나오는지 몰라서 식은땀이 났지만 물어보기도 민망했다. 나는 기차나 지하철, 비행기를 본 적도 없고 타 본 적도 없었다. 처음 천안문 광장에 갔을 때는 감개무량했다. 베이징은 정말 컸으며 그처럼 많은 사람이 운집해 있는 모습도 처음이었다. 사람들은 모두 부자처럼 보였다.

　　대학을 다닐 때 나는 학자금과 생활비를 모두 대출받아 집안의 돈을 한 푼도 쓰지 않았다. 그러니 졸업 후 나와 함께 취업한 동료들이 돈을 모아 투자를 시작했을 때 나는 매달 월급을 받고 나면 학자금 대출을 갚는 게 첫 번째 일이었다. 그때 나는 자조적으로 "남들은 졸업하자마자 터를 닦고 집을 짓는데 나는 먼저 구덩이를 메워야 해. 내가 구덩이를 가득 메우고 터를 닦기 시작할 때면, 다른 사람들이 지은 집은 아마 2층 높이가 되겠지."라고 말하곤 했다.

2010년 나는 광저우에 첫 집을 샀다. 작은 집이었지만 시내 중심부에 있었다. 순전히 내가 번 돈으로 샀지만 그때 친구들은 집안의 도움을 받아 집값이 폭등하기 전에 큰 집을 샀다. 10년이 지나자 그때 산 집들이 일제히 가격이 뛰어 모두 시세차익을 보았다.

출신에 따라 인생의 출발점이 완전히 달라진다. 재벌 2세는 딱히 뭘 하지 않아도 부자지만 그렇지 못하면 오직 자신의 힘으로만 살아남아야 한다. 다른 사람보다 더 빨리 달리고, 더 오래 버텨야만 다른 사람과 같은 위치에 설 수 있다. 출발선이 다른 만큼 열심히 따라잡는 과정은 지난할 것이다. 누군가에게 집 마련은 5년, 10년, 20년이 걸릴 수도 있다.

현실의 직시는 내게 들이대는 돋보기다.
현재의 내 위치와 상태를 직관할 수 있다.
정확히 자신을 알게 되었다면
태양열이 나를 태워버리기 전에
얼른 돋보기를 치우자.
고개를 숙이는 것보다
고개를 들고 나아가는 게 더 중요하니까.

나는 결혼할 때도 적지 않게 고생했지만 결혼 생활 또한 평탄하지 못했다. 하지만 그동안의 상처와 힘들었던 경험들은 결국 나의 '원고료'가 되었다. 나는 몇 권의 책을 출판하여 베스트셀러 작가가 되었고, 나를 좋아하는 팬들도 생겼다.

지금은 창업을 하여 나름 어렵지 않게 운영이 되고 있는 편이다. 지금의 나는 딸을 데리고 세계 각지를 여행도 하고 전국의 서점에서 내가 쓴 책이 팔리는 것도 보고 내가 존경하던 사람들과 함께 앉아 커피도 마신다. 그 옛날 지지리 가난했던 열 살 남짓한 시골 아가씨였던 내 모습은 전혀 상상할 수 없는 일이다.

돌이켜 보면 나는 수많은 고난을 겪었지만 아무리 많은 좌절을 겪어도, 몇 번의 실패를 겪어도 이를 악물고 견뎌 내라고 스스로를 윽박질렀다. 쓰러져도 치맛자락을 들고 용감하게 일어서야 했고, 질퍽질퍽해도 계속 앞으로 달려가야 했다. 죽지 않는 한, 나에게 처음부터 다시 시작해서 용감하게 나아갈 기회를 주는 것이라고 생각했다.

누구에게나 인생은 높고 낮은 물결로 이루어진다. 생명이 멈추지 않는 한, 그것은 계속 요동칠 것이다. 만약 이때 우리가 높은 지점에 서 있지 않다면, 아직 노력이 부족해서거나 아직 때가 오지 않아서일 수 있다. 그렇다면 우리가 해야 할 유일한 일은 포기하지 않고 노력하는 것이다.

어쩌면 미래의 어느 날, 어쩌면 다음 달, 어쩌면 다음 해에 자신이 갈망하는 결과가 찾아올지 모른다. 사실 오지 않아도 괜찮다. 계속 노력해서 슬럼프를 극복하라. 그러면 인생의 물결은 항상 위로 올라갈 것이다. 조지 루카스는 이렇게 말했다.

"모두에게 재능이 있다. 그게 무엇인지 발견할 때까지 얼마나 서성거릴지가 문제일 뿐이다."

그다지 좋지 않았던 나의 출신이 내게 가져다준 것은 경제적 곤궁함만이 아니라 사고와 성격의 한계도 있었다는 것을, 최근 몇 년간 깊이 느꼈다. 나는 좌충우돌하며 야만적으로 살아왔다. 시행착오도 많이 겪었고 피눈물도 많이 흘렸다. 이제는 자아를 새롭게 하고 더 풍성한 인생을 꾸려 가려고 한다.

인생의 어느 단계에서 나는 나보다 나은 사람들을 부러워했었다. 하지만 이젠 부럽지 않다. 많은 사람이 자신의 출신은 형편없지만 '자신을 재건할' 행동력이 부족하다는 원성이 끊이지 않는다. 그들은 팔자가 나쁘다기보다는, 자신을 변화시킬 용기와 힘이 부족한 것이다. 누군가에게 자아를 깨뜨리고 익숙한 환경을 떠나라고 몰아붙이는 것은 어렵다. 그렇게 하기 위해선 비상한 결단력과

의식, 용기와 끈기가 필요하다. 그리고 나는 여전히 이 말을 하고
싶다.

"당신이 자신에게 모질게 굴지 않으면,
세상이 당신에게 모질게 굴 것이다.
운명의 사나움을 앉아서 기다리기보다는
먼저 스스로 재정립하고 계발하는 것이 낫다."

　　사람들은 남들을 뛰어넘어야 한다고 흔히 말하지만 실은 자기
자신을 뛰어넘어야 한다. 자신을 이겨야만 다른 사람의 승산을 이
길 수 있다. 왜일까? 90퍼센트 이상의 사람들은 모두 '자기 자신을
이기는' 단계에서 그치기 때문이다. 만약 그 10%를 할 용기가 있다
면 당신은 승자다.

　　나는 이 세상이 아무리 불공평하더라도 부지런하고 의욕적인
사람에게는 항상 열려 있다고 믿는다. 결국 나 같은 시골 출신도
자신의 노력으로 도시에서 뿌리내리고 잘살 수 있게 되지 않았는
가. 이것은 생존자의 역량에 따라 달라지는 것이 아니라 "하늘은
스스로 돕는 자, 용감한 자를 돕기" 때문이다.

　　한번 용기를 내보는 게 어떨까!

용기를 충전하면서 자신을 격려해 주자.

'지금까지 잘 해왔어.'

'스스로 힘을 내는 너를 믿어.'

'도전하는 네가 자랑스러워!'

옌링양의 글

모두에게 재능이 있다.
그게 무엇인지 발견할 때까지
얼마나 서성거릴지가 문제일 뿐이다.

이 사람과 늙어서도
여전히 대화를 잘 나누고 싶다

01

나는 식당에서 혼자 밥을 먹을 때면 몰래 주변 커플이나 부부를 관찰하는 버릇이 있다. 오랜 시간 관찰하다 보니 축적된 자료가 많아지면서 일종의 하나의 법칙을 찾아냈다.

커플이나 부부가 함께 식사할 때 대화를 얼마나 나누는지만 봐도 그들의 관계가 좋은지 아닌지 알 수 있다. 보통 첫 만남이나 소개팅에서는 침묵이 길어지거나 의미 없는 대화를 이어 간다. 이때는 상대방에 대한 기본적인 인적 정보나 날씨, 취미 등 일상적인 주제에 관해 이야기를 나눈다.

한쪽이 말을 많이 하고, 다른 한쪽은 적게 말한다면 더 호감을 느끼는 사람이 말을 많이 하고 상대의 비위를 맞추고 칭찬하는 경우가 많다. 두 사람이 즐겁게 대화를 나눈다면 서로 관계의 물꼬를 트고 깊은 관계로 나아갈 예정이거나 막 연애를 시작한 상태일 것이다. 대화의 주제는 두 사람과 관련된 것이 주를 이루고 적극적으로 대화에 참여한다. 대화가 넘치지도 부족하지도 않다면 두 사람의 관계는 비교적 안정적이다.

식사하면서 대화가 별로 없는 사람들은 대부분 노부부이거나 권태기가 온 중년 부부인 경우가 많다. 오랜 세월 함께하면서 더 이야기할 거리가 없다. 같이 식사하는 목적은 순수하다. 밥을 함께 먹을 뿐 영혼을 주고받는 것이 아니다. 가끔 하는 말은 필요한 정보를 교환하는 데 불과하다.

지금 배우자와 대화할 거리가 없어도 어색하지 않다면 그러한 관계에 대해서 한번 돌아보자. 한 사람과 평생을 함께하는데 할 말이 없다면 인생이 너무 무미건조하지 않을까?

관심에서 대화의 꽃이 핀다.
향기 머금은 말을 건네 보자.
되돌아오는 말과
주고받는 시선으로

향의 깊이가 더해진다.

상대는 그 향기를 오래 간직한다.

02

왜 연애하는 것을 '사랑을 속삭인다'라고 표현할까? 호감과 호기심이 생겨 상대방에 대해 알고 싶고 궁금해 끊임없이 속삭이기 때문이리라. 물론 쉼 없이 계속 이야기를 해야 하는 것은 아니다. 활동을 함께하고 많은 일을 할 수 있지만, 함께 뭔가를 하려는 시도 자체가 서로 교류할 화제와 분위기를 만들기 위해서가 아닌가.

시간이 흘러 우리가 기억할 수 있는 것은 함께 보았던 풍경, 함께 거닐었던 길, 함께 겪었던 어려움이다. 이런 것들이 기억에 남는 추억이 되는 이유는 경치가 얼마나 아름답고, 길이 얼마나 특별했는지 때문이 아니다. 그 과정에서 서로의 감정과 생각을 나누고 몸과 마음이 함께 그 순간을 공유했기 때문이다. 만약 휴대전화만 붙잡고 있거나 자신의 걱정거리에만 빠져 있다면 함께한 순간은 기억 속에서 사라지고 만다.

니체는 오랜 결혼 생활 동안 많은 일이 일어나지만, 그것들은 모두 순간적인 것이며, 어느 사이엔가 세월 뒤로 흘러간다고 말했다. 또한 니체는 이같이 말했다.

결혼 생활은 긴 대화이다.
결혼하기 전,
당신 자신에게 다음과 같은 질문을 해 보라.
"나는 이 여자와
늙어서도 여전히 대화를 잘 나눌 수 있을까?"

상대방과 어떻게 연애하게 되었는지 기억하는가? 사람됨이 좋고 나에게 잘해 주고를 떠나서 모두가 경험해 본 공통점이 하나 있다. 바로 대화가 잘 통했다는 사실이다.

한 커플이 혼인증명서를 발급받으러 주민센터에 갔다가 이혼하려는 부부를 만났다. 사무원은 이혼 수속을 하는 부부에게 왜 이혼하려고 하는지 물었다. 그 부부는 "우리는 말이 통하지 않는다."라고 답했다. 사무원이 그 커플에게 예전에 왜 결혼했느냐고 묻자 커플은 "우리는 말이 잘 통했다."라고 답했다.

'말이 통한다'는 것은 무슨 뜻인가? 그것은 대화가 잘 되고, 의기투합이 되고, 할 말이 있고 교류할 수 있다는 것이다. 류전원 작가는 "말이 통하는 사람을 찾아 평생을 함께하는 게 복이다. 애인이

나 친구, 가족 상관없이 말이다."라고 했다.

세상엔 많은 사람이 있지만, 자신과 대화가 잘 통하는 사람은 찾아보기 어렵다. 애타게 찾아서 운 좋게 말이 통하는 사람을 만났음에도 소중히 여기지 않는다.

최근에 여성 사회학자 리인허가 쓴 책에서 '좋은 결혼이란' 무엇인지에 관한 글을 읽었다. 리인허는 왕샤오보와의 결혼 후 각자 눈코 뜰 새 없이 바쁘지만 그들은 반드시 요즘 무슨 생각을 하고 있는지, 어떤 일을 겪었는지 이야기할 시간을 갖는다고 한다. 왕샤오보는 이를 '마음속 이야기'라고 정의했다. 이는 감정을 다스리고 결혼 생활을 지켜 주는 좋은 방식이다.

한때의 열정이 지금의 침묵으로 바뀌었을 때
그것은 '침묵'이 아니라 '냉담함'이다.

따장쩐궈의 글

추억이 되는 이유는 경치가 얼마나 아름답고,
길이 얼마나 특별했는지 때문이 아니다.
그 과정에서 서로의 감정과 생각을 나누고
몸과 마음이 함께 그 순간을 공유했기 때문이다.

꿈이 있는
여자

01

발 마사지를 받으러 숍을 찾았다. 오래 전부터 이곳을 이용해
온 터라 직원들과는 친구처럼 지내는 곳이다. 그날따라 한 직원의
표정이 더욱 밝아 무슨 좋은 일이라도 있는지 물었다. 그녀는 "떨
어져 살던 엄마와 아이를 이곳으로 데려왔어요."라고 말하며 활짝
웃었다.

나는 그녀가 어머니와 아이를 자기 곁으로 데려오는 것이 소원
이었던 것을 알고 있었고 그녀가 얼마나 고생하며 열심히 일했는
지 잘 알고 있었다. 덩달아 나도 흐뭇해하며 "축하해. 드디어 소원
을 이뤘네."라며 축복했다.

그녀는 아주 가난한 시골 마을에서 태어났다. 하루 종일 일해도 4천 원의 품삯밖에 벌지 못했다. 그래서 더 많은 돈을 벌기 위해 그녀는 다른 자매들을 따라 도시로 나왔다.

그녀는 도시에 오자 세상이 얼마나 넓은지, 그간 우물 안 개구리처럼 살았음을 알았다. 도시와 작은 시골 마을의 교육은 하늘과 땅 차이였다. 그녀는 다시 시골 마을로 돌아가고 싶지 않았다. 큰 도시에서 받는 월급은 작은 산골 마을과 비교할 수 없을 정도로 많았다.

그녀는 한눈팔지 않고 열심히 일만 했다. 하지만 두고 온 아이가 너무 보고 싶어 밤잠을 설치는 날이 많았다. 그때마다 아이를 데려올 날을 꿈꾸며 더욱 일에 몰두했다. 마사지 관련 책을 읽으며 여러 방법을 궁리하고 동영상을 보며 연습했다. 그리고 좀 더 체계적으로 공부하는 것이 어떻겠냐는 나의 조언에 돈을 들여 정규 과정을 들었다. 이 업종은 보통 낮 12시에 출근하기 때문에 거의 반나절은 시간이 빈다. 하지만 마사지는 매우 힘든 일이라 그들 대부분은 그 시간을 주로 잠을 보충하는 데 쓴다.

그녀는 열심히 산 보람 끝에 결국 간단한 인테리어와 베드 몇 개를 놓고 조그만 마사지숍을 열 수 있었다. 가격이 저렴한 데다 서비스와 손기술이 좋아 찾는 사람이 갈수록 늘어났다. 점점 손님이 많아져 직원들도 늘어났다.

직원들은 하나같이 활기가 넘치고 눈빛이 반짝거려 나는 그들과 이야기하기를 좋아했다. 그녀들의 눈빛은 절로 나를 끌어당긴다. 불평도 하소연도 없이 한 푼 두 푼 모아 온 그녀들은 기뻐하며 나에게 말했다.

"연말쯤이면 집을 살 수 있을 거예요. 드디어 이 도시에 정착할 수 있게 됐어요."

나는 열심히 생활하고 꿈을 이루는 그녀들을 존경한다. 그들은 더 나은 삶을 살 가치가 있다. 도전하는 여성은 아름답다. 자신의 힘으로 인생을 독립적으로 꾸려 나가는 것은 당연하면서도 가치 있다.

운명이 누군가를 괴롭히려 할 때는 미리 상의하지 않는다. 나는 어느 날 운명이 나를 괴롭히더라도 이겨 낼 힘이 있기를 바란다.

출발점이 비슷한 두 사람이 왜 결국에는 확연히 다른 인생을 살게 되는 것인가. 가장 큰 이유는 사고방식과 인식의 차이라고 생각한다.

뜻대로 되지 않는 상황에 직면했을 때 어떤 사람은 먼저 변화하기 위해 어떤 노력을 할지 생각하지만, 어떤 사람은 불평하며 단념해 버린다. 어떤 사람은 명확한 계획을 가지고 준비하지만, 어떤 사람은 그저 흘러가는 대로 내버려 둔다.

어떤 사람은 미래의 기회에 직면하여 적극적으로 준비하고, 어떤 사람은 모든 기회가 거짓이라고 생각하며, 실제로 기회가 주어지더라도 자신의 차례가 되지 않았다고 말한다. 그리고 잠재의식 속에서 그는 자신이 그 자리에 어울리지 않는다고 생각한다.

인생에서 가장 슬픈 것은
스스로 자신을 포기하는 것이고,
자신의 인생에 또 다른 가능성이 있음을
믿지 않는 것이다.

완칭의 글

혼자서도
잘 살기

01

평범하고 지루하며 침체된 삶이 있는가 하면, 풍요롭고 알차며 멋진 삶도 있다. 내가 지향하는 인생은 혼자서도 잘 사는 것이다.

아름다운 인생의 스위치: 요리

요리는 외로움을 해소하는 가장 좋은 방법이다. 특히 혼자 있을 때는 절대 자신을 홀대하지 말고 스스로를 위해 제대로 밥을 차려라. 그래야 마음이 충만해진다.

나는 얼마 전 직장에서 어떠한 문제로 갈등이 발생해 몸과 마음의 재충전이 필요하다는 판단하에 이틀 휴가를 냈다. 이틀 동안 내 마음을 서서히 평온하게 해 준 건 바로 '요리하기'였다.

휴가 첫날, 삼겹살을 사서 반나절 동안 양념에 잰 다음 불판에 올려 지글지글 굽고 후춧가루와 소금을 뿌렸다. 송이버섯과 두부, 호박을 나박하게 썰어서 보글보글 구수한 된장찌개도 끓였다. 잘 구워진 삼겹살과 마늘 한 조각을 상추에 싸서 입 안에 넣었다. 감칠맛과 고기의 향내가 순식간에 입안을 가득 채우는 순간, 나는 음식이 주는 위로를 천천히 음미했다.

다음 날은 밀가루 반죽에 우유, 계란, 이스트를 넣고 오븐에다 달콤한 빵을 구웠다. 커피와 함께 마시니 더할 나위 없이 행복했다.

삶이 고달프더라도 웃으며 직면하는 것이 진정한 능력임을 깨닫는다. 자기 자신을 위하고, 잘 챙기는 것이 웃으며 직면하는 태도이며, 자신을 사랑하는 능력이다. 인생은 희비가 교차하고 눈 깜짝할 사이에 지나간다. 단 하나 남은 것은 혀에 새겨진, 누구도 뺏을 수 없는 이 맛이다. 이것은 우리의 마음을 달래 주고, 계속 걸어갈 용기를 불어넣어 준다.

그러므로
자신을 위해 하루하루 일상을 요리하자.
일의 즐거움은 배가 되고

살아낸 맛은 훌륭하며
마무리는 흡족할 것이니!

02

아름다운 인생의 주유소: 여행

몇 달 전, 친한 친구가 갑자기 휴가를 내더니 SNS 계정도 중단했다. 한 달이 지나 다시 만났을 때 그녀는 이전보다 훨씬 생기가 넘쳐 보였다.

지난해는 그녀에게 가장 바쁜 한 해였다. 자격증 시험, 전근, 결혼 생활의 위기가 닥쳤고 그녀는 이런 현실에 짓눌려 점점 활력을 잃어 갔다. 그녀는 마침내 바쁜 일상에 제동을 걸고, 자신에게 휴가를 주었고 발길 닿는 대로 여행을 떠난 것이다.

그녀는 "여행은 오롯이 나와 마주하는 혼자만의 시간이었고, 평범한 삶에서 벗어난 일탈이었어. 여행 도중 힘든 일도 있었지만 거기서 나 자신을 찾을 수 있었어."라고 말하며 함박웃음을 지었다.

쳇바퀴처럼 반복되는 일상과 현대 사회가 주는 압박은 우리가 왜 사는가를 자주 잊게 하고 삶의 즐거움도 앗아간다. 갈수록 얽매이는 것만 늘어난다.

만약 혼자 있는 것이 즐겁다면 여행은 혼자서 여는 파티에 가깝다. 낯선 도시에서 휴대전화를 끄고 번잡한 도시의 일을 뒤로한 채 자유로워지는 것은 인생의 참맛을 느끼게 한다. 철학자 저우궈핑의 말처럼 '떠들썩한 도시의 소리 가운데 생명의 소리는 이미 오랫동안 가려져 아무도 신경 쓰지 않는' 상태가 되었다. 조용히 자신의 마음과 몸의 소리에 귀 기울이고, 자신의 생명이 무슨 말을 하는지 들어보자. 지금 살아가는 삶이 자신이 좋아하는 모습인지 생각해 보라.

　　친구는 여행하면서 걱정거리가 정리되고 힘들었던 감정도 잠잠해졌다고 했다. "여행이 나를 충전시켜 줬어."라며 미소 짓던 친구의 모습이 지금도 또렷하다.

　　인생은 외롭기에 풍성하다. 몸을 움직여 길을 걸으며 자신의 영혼과 이야기를 나누면 진실한 마음이 더욱 깊어질 것이다.

당신의 마음속에는
행복의 조건이 다 들어 있다.
여행 중
그것을 발견하기만 하면 된다!

생활 속의 빛: 독서

혼자서도 자신의 가치를 높이는 효과적인 방법으로 '독서'를 추천한다. 독서가 자신에 대한 '투자'라는 사실은 의심할 여지가 없다. 위대한 사람들을 자세히 들여다보면 대부분 독서가였다는 공통점이 있다. 마오 주석은 조금의 자투리 시간만 있어도 책을 읽었다. 그래서 그의 침실, 사무실, 밥상, 티테이블에는 모두 책이 있었다. 그는 『자치통감』을 오늘 조금 읽고 내일도 조금 읽는다. 그렇게 반복해서 17번을 읽었으며 아플 때도 독서는 멈추지 않았다고 한다.

페이스북 창업자인 저커버그는 매일 출근 전 2시간씩 시간을 내어 독서에 전념했다. 전 세계 최고 부자인 빌 게이츠는 1년에 50여 권의 책을 정독한다. 투자의 귀재 워런 버핏은 TV를 본 적이 없고, 일을 제외하고는 거의 모든 시간을 책을 읽으며 보낸다. 그의 오랜 파트너인 찰스 멍거는 더더욱 놀라운 독서량을 보여 사람들에게 '두 다리가 있는 도서관'이라고 불렸다.

진짜 대단한 투자자는 책을 읽는 것이야말로 가장 가치 있고, 평생 투자할 만한 것임을 아는 사람들이다.

그들은 틈이 날 때마다 책에 숨겨진 보물을 찾는다. 세상을 바꿀 힘을 염탐한다. 책이 그들을 꿈꾸게 했다.

혼자 있는 법 배우기

혼자 있을 때 어떤 마음이고 어떻게 시간을 보내는가? 인생을 잘 살고 싶다면 혼자 있는 시간을 잘 보내야 한다. 정크푸드를 먹을 것인가 아니면 요리를 할 것인가. 다른 사람과 점을 볼 것인가, 아니면 여행계획을 세울 것인가. 드라마를 볼 것인가, 책을 읽을 것인가? 어떤 선택을 하느냐에 따라 다른 경험을 얻는다. 우리 같은 보통 사람들의 생활은 대개 그렇듯이 매일 일과 가정, 아이에게 시간을 쏟느라 정작 혼자 있는 시간은 염두에 두지 않고 산다.

우리는 마음이 외롭지만, 겉으로는 아닌 척 요란하게 떠든다. 세상은 충분히 시끄럽다. 지금 우리에게 필요한 것은 조용히 자신과 대면하는 것이다. 혼자만의 시간을 통해 몸과 마음에 쌓인 피로를 풀면서 산책을 하거나 조용히 책을 읽고 사색하는 것만으로도 인생이 달라질 수 있다.

우리 모두 누군가의 아내, 엄마, 딸, 직원으로 살지만 결국 내 인생의 핵심은 '자기 자신'이다. 오직 자신을 충분히 사랑하고, 내면을 항상 즐겁게 하고, 어그러지지 않게 해야 다른 역할들을 잘 해낼 수 있다.

편안한 오후에 좋은 책을 읽고, 자신이 좋아하는 음식을 열심히 만들고, 오랫동안 계획한 여행을 떠나 보라. 혼자 있는 것은 일종의 수행이다. 그것은 생명과 자아에 관한 깊은 생각을 유발할 수 있다.

누군가는 늘 다른 사람과 함께 있고 다른 사람과 이야기하는 것에 익숙한 반면, 정작 자신과는 친하지 않다. 그래서 혼자 있는 시간을 너무 힘들어하는데 이런 사람은 가벼울 수밖에 없다.

자신의 목소리에 귀를 기울이고 자기와 교감하는 법을 배워 보자. 옳은 길이란 없다. 그저 자기의 길이 있을 뿐이다.

리샤오무의 글

인생은 원래 단순하다.
원하는 것이 많을수록 더 힘들다.
한가로운 시간은 무엇과도 바꿀 수 없는 재산이다.

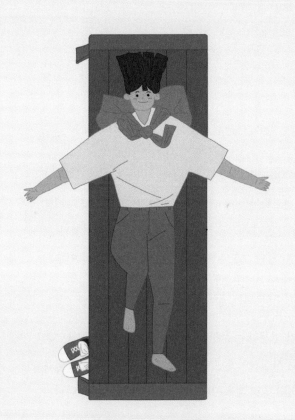

3장
—
행복한 사람은
열심히 뺄셈을 한다

자신과
친하게 지내기

01

사이토 다카시는 지금은 메이지대학교의 인기 교수이지만 사실 서른 살이 넘도록 변변한 직업이 없었다. 첫 직장을 얻은 서른두 살까지 10년간 혼자 시간을 보내며 묵묵히 내공을 쌓아왔다. 그는 그 긴 시간의 힘이 오늘의 자신을 만들었다며 목표를 이루기 위해서는 그렇게 혼자 있는 시간이 필요하다고 말한다.

혼자 있으면 '겉돈다'는 첫인상 반응이 많다. 하지만 장자는 "혼자 다니는 것은 자신만이 할 수 있는 것이고, 혼자 다니는 사람은 지극히 귀하다."라고 말했다. 따라서 무리에서 벗어나 혼자 다니는 것은 강자의 행동이다. 자신의 주변에 사람이 있는지를 살필수록, 마음이 약한 사람일수록 다른 사람과 어울려야 안심을 한다. 또한 다른 사람에게 인정받기 위해 애쓴다. 내면과 실력이 강한 사람들은 혼자 다니기를 겁내지 않고 그 시간을 즐길 줄 안다.

세상에 유일무이한 자신!
그 존재에 특별함을 부여한다.
두려움이 클수록 무리를 찾지 않던가!

강한 사람은 모두와 잘 지내려 하지 않는다

어느 모임에 초대를 받았다고 하자. 많은 낯선 사람들과 인사를 나누고 웃는 얼굴로 대화하며 시간을 보낸다. 서로 술을 권하고 SNS 계정을 공유하고 전화번호도 주고받는다. 하지만 한 달도 되지 않아서 그가 누구였는지 기억도 나지 않는 경험들이 있을 것이다. 이런 사교활동은 '불필요한 사교활동'이다. 이는 내면의 외로움 때문이 아니라, 자신의 무능함을 감추기 위해서 불필요한 사교활동에 에너지를 쏟는 것이다. 그들은 전국에 친구가 있는 것처럼 보이고 위챗 친구도 몇천 명이나 되지만, 정작 마음이 괴롭고 속을 터놓고 싶을 때 하소연할 사람 한 명을 찾지 못한다. 인맥이 많은 것처럼 보이지만, 도움이 필요할 때면 아무도 그에게 손을 내밀어 주지 않는다.

철학자 저우궈핑 선생의 한마디는 아주 따끔하다.

"사교활동에 열중하는 사람들은 친구가 많다고 자부하지만, 사실 그들의 사교활동의 절대적인 이유는 우정이 아니라 패션과 이익이다. 진정한 우정은 시끄럽지 않다."

강한 사람은 이런 이치를 잘 알아서 '불필요한 사교'를 내려놓은 지 오래다.

많은 사람은 늘 '겉도는' 것을 두려워하고, 친구가 많으면 길을 잘 간다고 생각하며, 사람들과의 교제를 위해 떠들썩하고 번화한 곳으로 달려간다. 그러나 마음이 단단한 사람은 시간을 들여 술자리에서 술잔을 기울이거나 자신과 별 관계없는 '친구'를 사귀기보다 자기 자신과 친하게 지내는 법에 공을 들인다.

중문학의 아버지 루쉰은 "맹수는 홀로 다니고, 소와 양은 무리를 짓는다."라고 말했다. 쓸데없는 사교활동에서 벗어나 자신의 능력을 키워야 내 세상이 넓어진다.

혼자 있을 때 진정한 자신으로 살아갈 수 있다

혼자 다니는 것이 성격이 거칠고 포악해서도, 건방져서도 아니다. 혼자 있는 시간에 내면의 소리에 귀 기울이고, 내 마음의 선택을 따를 수 있기 때문이다.

송나라에서 원나라로 교체되던 시기에 세상은 무척 어지러웠다. 무척 후덥지근하던 어느 날, 허형은 여러 사람과 함께 낙양에서 강을 건너 하양으로 가게 되었다. 사람들은 모두 허기가 지고 목도 말랐다. 그때 길가에 있는 배 밭을 발견하고는, 모두 다투어 배를 따서 갈증을 면하려 했다. 하지만 허형은 나무 아래 앉아 땀을 식히고 있었다.

어떤 이가 허형에게 "당신은 어째서 배를 따서 먹지 않는 겁니까?"라고 물었다. 허형은 "저도 현재 비록 입과 혀는 마르지만, 이 배나무는 제 것이 아닌데, 어찌 마음대로 배를 따겠습니까?"라고 말했다.

그 사람은 웃으면서 "세상이 이처럼 어지러운데, 그것이 누구의 배인지 따지지 않아도 됩니다."라고 말했다.

그 말에 허형은 정색을 하며 "배는 설사 주인이 없다 해도, 내 마음에는 주인이 있습니다."라고 말했다.

내 마음의 소리는 번잡하지 않고 마음이 고요할때 들리는 법이다.

혼자 다니는 것은 번잡한 세상을 살아가는 하나의 삶의 자세다. 여유롭게 꽃이 피는 계절을 즐길 수 있고, 흩날리는 눈의 순수함을 지킬 수 있고, 명예에 눈이 멀지 않고, 거짓으로 마음을 가리지 않게 하는 자세다. 나아가 혼자 다니는 것은 일종의 용기로써 시대의 흐름을 따르지 않고, 사람들이 가는 대로 움직이지 않으며, 혼란스러운 현실 속에서 자신의 심성을 유지하며, 고독과 적막 가운데 현실을 직시할 뿐이다. 그들은 자신이 원하는 것이 무엇인지 분명하게 안다.

혼자 다니는 사람은 공손하고 따뜻하며 세상과 싸우지 않는다. 그들은 강직한 성격을 지녔으며 두뇌가 뛰어나고, 항상 자신이 나아갈 방향을 알고 전진한다. 굳이 무리와 어울리려 하지 않아도 된다. 물론 자신이 범상치 않아 보이려고 일부러 어울리지 않는 것도 안 된다.

무리 지을 수 있으면 무리 짓고,
무리 지을 수 없으면 흩어지면 된다.
물결을 따라 흘러갈 필요도 없고,
스스로 훌륭하다고 생각하지도 마라.

혼자 다니는 것은 인생의 한 형태일 뿐
성격과는 관련이 없다.
무리와 함께 저속해지기보다는
혼자 있으며 고독을 택하는 것이 낫다.

03

무리 지어 다니며 성공한 사람은 없다

사실 집단으로부터 배척당하거나 고립을 두려워하는 것은 약
자만이 갖는 생존적 걱정일 뿐이다. 진화론적 관점에서 약자는 집
단으로부터 소외되면 위험에 직면할 수밖에 없다. 먼 옛날 수렵 채
집 시대에 우리 조상들은 혹독한 생존 싸움에 직면했고, 자연에는
독사와 맹수들이 즐비했다. 무리와 협력 없이 개인이 홀로 싸우다
보면 야생동물의 먹잇감이 되기 십상이었다. 그래서 약자일수록
악착같이 사람들과 뭉치려 했다. 이것은 조상들이 물려준 생존 방
식이었다. 요즘 사람들도 마찬가지다. 약한 사람일수록 집단에서
버림받는 것을 두려워한다.

한 사람의 내면이 얼마나 강한지 가늠하고 싶다면 그 사람이 혼
자 있을 수 있는지 여부를 살피면 된다. 다른 사람과 함께 있을 때

우리는 가면을 쓰기도 하고 주변을 신경 쓰며 항상 사회적 상태에 처하게 된다. 혼자 있을 때에야 비로소 진정한 자기 자신을 발견하고 자신을 깨닫고, 진정한 자아로 돌아갈 수 있다.

사람은 혼자일 때 성장할 수 있다. 혼자 있는 것은 한 사람이 최고로 발전할 수 있는 시간이다. 인생의 높이는 혼자 있을 때 어떻게 보내는지, 그 질에 달려 있다.

글쓰기, 책 읽기, 마음챙김, 끊임없는 학습 등 혼자 있는 시간을 효과적으로 보내기 위해 구체적인 방법을 찾아 자신을 발전시키고 스스로를 충만하게 채워야 한다. 진정으로 자신을 강하게 하는 것은 혼자서 생각하고 학습하는 시간의 축적과 진보다.

자신을 풍요롭게 하는 것은, 남의 환심을 사는 것보다 훨씬 많은 의미가 있다. 다른 사람의 시선을 의식하지 않고 혼자 있는 동안 힘을 축적하고 끊임없이 강해져야 자신만의 빛을 발할 수 있다.

경농의 글

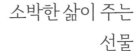

소박한 삶이 주는
선물

01

1903년, 퀴리 부인은 남편과 함께 노벨 물리학상을 받았으며 1911년에는 노벨 화학상을 받았다. 이처럼 훌륭했던 그녀는 지극히 소박한 삶을 추구했고 간결한 사교생활을 즐겼다. 그녀가 남긴 글에서도 확인할 수 있다.

50년 가까이 저는 과학 연구에 매진해 왔고, 제 연구는 진리에 대한 탐구였습니다. 저는 언제나 조용한 일과 간단한 가정생활을 추구하려고 합니다. 이 꿈을 실현하기 위해 사람들의 방해나 명성에 지치지 않게 조용한 환경을 유지하려고 노력했습니다.

평소 그녀는 친구들과의 만남도 뒤로 하고 주로 실험실에 머물렀다. 간혹 몇몇 과학자들과 이야기를 나눌 때도 시간을 절약하기 위해 딸의 옷을 바느질했다. 또한 그녀는 무척 검소한 삶을 살았는데 라듐을 발견하고도 특허 출원을 하지 않고, 이 연구 결과를 사용한 사람들에게 물질적 보상도 요구하지 않았다. 오직 부부의 연구실에서 일해서 번 적은 수입으로 생활했다.

일에서 성취한 것이 많은 사람일수록 소박하고 간소하게 살아간 사람들이 많다. 그들은 사랑하는 일에 몸과 마음과 시간과 에너지를 쏟아붓기 때문이다. 이것은 외적인 명예나 이익을 위해서가 아니다. 진정으로 이 사회와 국가를 위해, 나아가 세계를 위해 더 많은 가치를 창출하고 공헌하기 위해서다.

이제
'무엇을 추구하고 있는가.'
'나다움은 어디서 발현되는가.'
이 질문을 거듭해 보자.
찾은 대답의 가치로

내면의 곳간을 가득 채워가시길!

02

『월든』의 작가 소로$^{Henry\ David\ Thoreau}$는 1845년 콩코드에서 약 3km 떨어진 월든 호수에서 2년 2개월 이틀 동안 생활했다. 그는 단순하게 살며 자급자족했던 인물로 소박한 삶을 추구했다.

> 나는 많은 젊은이들이 농장, 가옥, 곡창, 짐승, 각종 농
> 기구를 물려받는 것을 보았는데, 참 불행하다고 생각
> 한다. 이 물건들은 얻기에는 쉽지만 버리기는 어렵기
> 때문이다. [……] 그들은 여러 가지로 자초한 고민과 쓸
> 데없는 노역으로 바빠 더 나은 삶의 결실을 얻을 여력
> 이 없게 된다.

소로는 많은 시간을 들여 좋은 정신 상태를 유지하는 것이, 돈만 무작정 벌어 부유한 삶을 사는 것보다 더 중요하다고 강조했다. 그는 생활필수품으로 이렇게 꼽았다.

몇 가지 도구만 있으면 된다. 예를 들면 칼, 도끼, 삽, 자전거 한 대 정도면 충분하고, 책을 좋아하는 사람은 등잔불, 문구, 책 몇 권이 필요한데, 이런 것은 준필수품으로 아주 적은 돈이면 살 수 있다.

옷차림에 있어서도 "우리가 걸치는 아름다운 옷들은 우리의 껍데기 또는 가죽일 뿐이고 생명과 관련이 없다."라고 말했다.

우리는 점점 커지는 욕망 때문에 정작 필요한 것이 많지 않다는 것을 간과한다. 일단 뭔가를 지나치게 추구하기 시작하면 방향을 잃기 쉬울 뿐만 아니라 스스로 고통스러워질 수 있다. 심지어 많은 사람이 외적인 편안함과 여유, 화려함을 추구하다 보니 자신의 정신적 성장을 포기하고 명예와 이익에 온 마음이 팔려 버린다.

철학자 쇼펜하우어는 "외적인 물질에 대한 욕구가 낮을수록 내적인 것에 대한 욕구가 높아진다."라고 말했다. 어떤 면에선 지혜로운 사람들이 더 검소하게 살아간다.

행복, 기쁨, 만족, 사랑의 감정에는 비교 대상이 없다.
물질로 치환될 수 없는 가치를 지녔다.
오롯이 자신만의 충만한 자산이다.
이를 아는 자가

세상 누구도 넘보지 못하는
부유한 사람이다.

03

양장 선생은 중국의 유명한 작가이자 번역가이며 외국 문학 연구가이다. 그녀의 삶은 항상 절제되고 소박하며 간결했다. 그녀는 평생 배움에 끝이 없음을 보여 준 대가라고 할 수 있다.

하나뿐인 딸을 척추암으로 잃고 다음 해에 남편마저 떠나보낸 후에 홀로 외롭게 살면서도 외부에서 누군가를 찾기보다는 하루도 쉬지 않고 글을 읽고 책을 썼다. 심지어 92세의 나이에도 63년 동안 있었던 일들을 매일매일 기억을 더듬고 기록하여 유명 산문집인 『우리 셋』을 썼다.

양장 선생은 과거에 이룬 영광 속에서만 살지 않았다. 또한 허영과 명예, 이익에 유혹당하지 않았다. 세상은 자신만의 것이며, 다른 사람과 무관하다는 것을 잘 알고 있었기 때문이다.

그래서 그녀는 젊을 때부터 늙을 때까지 초심을 유지하고, 수수한 생활을 하며, 정신적인 풍요를 추구하면서 동시에 자신이 어떤 삶을 살아야 하는지를 똑똑히 알고 있었다.

소박한 삶을 살면 고매한 정신을 갖게 된다고 착각하는 사람이 있다. 그런데 훌륭한 이들은 오히려 그 마음에 먼저 더 높은 추구와 꿈, 포부가 있기 때문에 내면에서 시작하여 밖으로까지 순수하고 단순하며 소박하게 변하는 것이다.

소박한 삶은 더 많은 시간과 마음, 여력을 꼭 필요한 곳에 쓰일 수 있게 한다. 삶의 궁극적인 의미가 돈을 쓰고 즐기는 것이 아니라 창조해내는 것에 있음을 깨닫게 한다.

물질의 풍요가 넘쳐나는 현대 사회에서 소박하고 간소하게 사는 것은 어려운 일이다. 우리가 소박하지 못한 것은 단조롭고 지루하고 고단해 보이는 소박한 생활에 적응하지 못해서가 아니라, 우리 내면에 너무 많은 물욕과 욕망, 놓지 못하는 것들이 있기 때문이다. 훌륭한 사람일수록 그 삶이 소박하다.

리쓰위안의 글

소박한 삶이란
물질적 편안함이나 욕심을 버리는 데서
나타나는 것이 아니라,
여유로움과 넓고 맑은 마음을 갖는 것에서 이루어진다.

잘 살고 싶다면
뺄셈을

01

필요 없는 것을 없애라

'미니멀리즘'이라는 말이 유행한 적이 있다. 단순함과 간결함을 추구하는 문화적 흐름인데, 집안의 불필요한 물건들을 버리는 '미니멀라이프'로 나아갔다.

자신이 가진 물건들을 살펴보면 유행이 지난 DMB 폰, 낡은 냄비와 그릇, 유행에 뒤떨어진 옷과 신발, 마트에서 할인할 때 받은 각종 사은품 등, 잘 쓰지 않는 물건들이 곳곳에 쌓여 있을 것이다. '언젠가 쓸모가 있겠지.' 하며 버리지 못하다 보니 집 안에 점점 물건이 늘어난다. 찬장이며 옷장이며, 수납 공간마다 물건으로 가득하다.

이런 물건 중 대다수는 1년 내내 한 번도 손댄 적 없이 지나가기도 한다. 심지어 어떤 것들은 그 존재조차 모른다. 그것들은 찬장, 옷장, 창고의 한정된 공간을 차지하곤 필요한 물건을 찾는 데 시간을 낭비하게 만들거나 집 정리정돈에 방해가 되기도 한다.

언제 사용했는지 기억도 가물가물한 물건들도 많다. 꼭 필요한 것만 곁에 두는 것으로도 인생이 달라질 수 있다.

우리는 너무 많은 물건에 둘러싸여 살고 있다. 계절이 바뀔 때마다 옷을 사지만, 입고 다니는 옷은 몇 벌에 불과하다. 마트에서 일 플러스 일 제품, 대용량 제품을 자신도 모르게 홀려서 들고 오지만 결국 유통기한이 지나 버리고 만다.

삶에서 진짜 필요한 물건은 어느 만큼일까? 우리는 나중에 쓰려고 많은 물건을 사두지만, 99%는 필요 없는 것들이다. 삶은 원래 단순한데 원하는 것이 많아질수록 더 힘들어진다. 버리고 없앨수록 더 쉽고 편하게 지낼 수 있다.

여백의 미를 두자.
일상에
공간에
생각에

무無에 깃들
다채로움을 상상하며!

$$02$$

불필요한 관계를 끊어라

많은 사람이 스마트폰의 SNS를 한시도 떼어 놓을 수 없는 지경에 이르렀다. 그들은 이런저런 채팅과 교제를 통해서 친구와 긴밀한 관계를 유지할 수 있다고 믿는다.

CCTV의 유명 진행자인 백암송은 위챗이 없다. 더욱이 SNS로 사람들과 관계를 돈독히 하지 않는 것은 말할 필요도 없다. 그는 이성적이고 예리하면서도 유머러스한 진행으로 인기가 많은 편이다.

그는 책과 음악을 가까이하며 일상에 대한 따스한 시선과 관찰로 자신의 생각을 더 가치 있게 다듬고, 이로써 많은 사람의 관심을 이끌어낸다. 또한 의미 없는 사교활동에서 벗어나 공부를 하거나 탐구하며 자기 자신으로 살아가길 원한다.

그와 비슷하게 존경받는 프로그램 진행자인 왕한 또한 위챗에서 친구가 100명이 넘으면 의미 없는 관계들은 다 지운다고 한다. 왕한은 아무리 친한 친구라도 거리가 있어야 한다며 "너무 시끌벅

적한 우정은 공허하고 내실이 없다."라고 말했다.

불필요한 사교활동을 줄이면 책을 읽고 공부하는 데 더 많은 시간을 할애할 수 있고, 자신의 능력을 끌어올릴 수 있으며, 사람들의 존중과 신뢰를 받을 수 있다.

쓸데없는 사교활동에 시간을 낭비하지 마라.
의미 있는 인간관계는
사교활동에 목을 맬 때 맺어지지 않는다.
많은 친구보다 두세 명의 죽마고우가 더 낫다.

불필요한 욕망을 버려라

한 퇴직한 지인이 자녀들은 바쁘게 사느라 아버지를 돌볼 수 없고, 그도 자녀들에게 피해를 주고 싶지 않아 실버타운에서 노후를 보내기로 결정했다.

그는 먼저 자신의 물건들 중에서 가져가야 할 물건들을 생각해보았다. 집 안의 많은 물건 중에 지극히 한정된 물건만 옮겨야 했다. 마호가니 가구 세트, 우표 수집책, 각종 담근술과 귀중한 물건들… 빼곡한 집기와 물건더미 속에서 그는 즐겨 입는 옷 몇 벌과 책 몇 권 등 꼭 필요하고 중요한 것만 간소하게 챙겼다. 그러고 그는 실버타운에 입소하며 이렇게 말했다.

"내가 간직하고 있던 소위 부※는 쓸데없는 것이며,
그것은 내 것이 아니다.
내가 잠시 소유하고 있었을 뿐,
그건 사실 이 세상에 속한 것일 뿐이다"

진리다. 사람은 잠잘 침대 하나, 살아갈 집 한 채, 세끼 식사면 충분하다. 세상에 우리는 본래 즐거움을 위해 왔으나, 만약 재산을 탐닉하고 자신의 몸을 탐닉하면서 욕망이 커지면 우리는 더 이상 만족하지 못하고 더 이상 즐겁지 않다.

세속에 대한 욕망이 없어야만 의연한 경지에 오를 수 있다. 더 이상 욕망에 휘둘리지 않을 때라야 자유로울 수 있다.

04

불필요한 명예나 이익을 가볍게 보라

중국 '교배종 벼의 아버지'라 불리는 위안룽핑은 작물 생산량을 1헥타르당 3톤에서 최대 18톤으로 높여 전 세계 40여 개국에 혜택을 주었다. 그는 중국은 물론 세계 전역에서 수많은 상을 받았으며 그에 따른 부를 이루었다. 10년 전만 해도 그의 이름이나 회사 주식의 시장평가액은 천억 위안(19조 원 상당)을 넘겼을 정도로 적지 않은 돈을 벌었다.

그러나 그는 그런 명예나 이익을 대수롭지 않게 여겼다. 그는 자신을 농민이라고 불리기를 더 원했다. 사실 그의 부는 명목상 가치 평가일 뿐이지, 실제 돈이 많은 것은 아니다. 그는 상금을 모두 재단 기금에 넣고, 16년 동안 작은 이발소에서 머리를 깎았다. 위안룽핑은 너무 많은 물질을 추구하지 말라며 "1000여 위안의 옷과 50~60위안의 옷에는 별 차이가 없다."라고 말했다.

부처는 "세상 사람들이 명예와 이익 때문에 힘드니 차라리 그것들을 내려놓고 땅에서 부처가 되어라."라고 말했다. 명예와 이익은 우리의 눈을 멀게 하고 정신을 괴롭힌다. 우리는 사실 기쁨을 위해 이 땅에 왔으나 명예나 이익 때문에 기쁨을 잃었다. 명예와 이익을 좇는 것이 아니라 따라오게 하는 사람만이 살아가는 참맛을 느낄 수 있다.

물질이 배를 채워주지만
공허를 달래 줄 수는 없다.
명예가 나를 높여주지만
겸손을 앗아가는 무기가 될 수 있다.
권력이 힘을 주지만
공감을 막는 벽이 되기도 한다.

뺄셈을 잘하면 인생이 즐거워진다

『도덕경』에는 이런 말이 있다.

"욕심에 눈이 먼 사람은 부족한 줄만 알지, 만족할 줄은 모른다. 자신의 목숨을 사랑할 줄 안다면 욕심을 버려야 할 것이다. 세상을 살면서 두 가지를 모두 이루기는 어렵다. 실속이 있으려면 명예를 버리고, 명예를 얻으려면 실속을 버려야 한다."

인생은 마치 뺄셈을 하는 것과 같다. 하루를 보내면 하루가 줄어든다. 잘 지내는 삶과 편한 삶은 오직 마음에 달려 있다. 소위 "큰 도리는 지극히 단순하다!" 인생의 가장 멋지고 매혹적인 점은 번잡한 것을 지우는 법을 배우고 소박하게 사는 것이다.

우리에겐 많은 것이 필요하지 않다. 버리는 법을 배워야 한다. 모든 관계를 유지할 필요가 없고, 끊을 줄도 알아야 한다. 모든 생각을 실현할 필요가 없고, 제거할 줄도 알아야 한다. 모든 명예와 이익을 얻을 필요가 없고, 가볍게 여겨라. 간단하고 자연스럽고 담백한 것이 세상에서 가장 아름다운 존재다. 단순함을 추구해야만 편안하고 여유롭게 살 수 있다.

끊임없이 뺄셈을 하고,
근심을 내려놓고,
마음을 깨끗이 하라.
단순함이야말로 인생에서 가장 즐겁고 행복하며,
가장 얻기 힘든 것임을 알게 되리라.

양양의 글

멀티족은
되기 싫어

01

"저는 일러스트레이터이자 작가, 유튜브 크리에이터예요."

한 사람이 두 가지 이상의 직업을 가지고 살아가는 젊은이들을 '멀티족'이라 부른다. 최근 2년간 멀티족은 유행어가 되어 국경을 뛰어넘었다. 점점 더 많은 사람이 여러 직업을 겸한다. 사람들은 퇴근 후에도 자신의 '멀티 능력' 개발을 잊지 않는다. 그래서 우리는 인기 있는 베스트셀러 작가가 민요 가수일 수도 있고, 칸막이 사무실에서는 조용하던 사무직 직원이 저녁이 되면 방송 인플루언서가 되고, 찻집 주인이 동시에 또 다른 작은 가게 사장인 것을 보게 된다.

평생 한 가지 일만 한다는 생각은 이제 시대에 뒤처진 것처럼 보일 수 있다. 한 가지 직업이나 신분은 21세기 현대인을 만족시킬 수 없게 된 것이다. 사람들은 손오공처럼 끊임없이 변하고 싶어 하며, 점점 더 많은 기술을 개발해 여러 업종 사이를 자유롭게 오가고 있다. 한 가지 일만 열심히 하는 사람은 사람들에게 무시받을까 봐 두려워하기도 한다. 만약 하나의 신분이 하나의 꼬리표라면 이제는 몸에 달린 꼬리표가 많을수록 사람들에게 존경받을 가능성이 높아졌다.

이런 흐름 속에서 내가 아는 한 멀티족 아가씨는 운영하던 작은 가게도 접고 위챗 공식계정 중단과 히말라야(중국 오디오 앱, 한국의 팟캐스트와 비슷-옮긴이) 방송도 중단하고 오직 일러스트만 그린다는 말을 들었다. 당시 나는 인생의 중요한 선택을 앞두고 있어서 일부러 그녀를 찾아가 긴 이야기를 나누었다.

그녀는 얼마 전까지 사람들이 부러워하는 멀티족이었다. 천성적으로 재능이 많아서 그림도 잘 그리고 글도 잘 썼다. 얼굴도 예쁘고 청순해서 '국화처럼 담담한 사람'이었다. 라디오 업계에서 매주 한두 번씩 프로그램을 녹화했으며, 일러스트 작업 또한 그녀의 고풍적인 작품이 인기를 끌면서 일 년 내내 원고 계약이 끊이지 않았다. 그녀는 공식계정을 개설하여 평소 자신이 쓴 글을 올렸고,

정성 들여 그린 일러스트도 곁들여서 올렸다. 그렇게 금세 수만 명의 팬을 얻었다.

02

멀티족으로 살아가는 이점은 분명하다. 1 더하기 1의 결과는 2를 훨씬 넘었고, 그녀가 걸쳐 있는 업계가 많아질수록 얻는 이익도 많아졌다. 갈수록 늘어나는 매출과 공식계정의 광고 수입이 그 증거라고 할 수 있다. 그녀의 이런 삶은 보기에는 정말 빛나고 신선해 보였다. 그녀는 매번 자기소개를 할 때마다 타이틀을 하나씩 더 했고, 그때마다 상대방의 눈빛이 조금 더 밝아지는 느낌이었다.

하지만 멀티족의 단점도 분명했다. 사람의 에너지는 제한적이다. 몇 년간 팽이처럼 자신을 돌리느라 바쁠 때는 수면 시간이 4~5시간에 불과했고, 아무리 비싼 파운데이션으로도 감출 수 없을 정도로 다크서클이 짙어졌다. 머리를 감을 때는 머리카락이 한 움큼씩 빠졌다.

"그때는 마치 동화 속에 나오는 빨간 구두를 신은 것처럼 도저히 멈출 수가 없었어요. 또 누군가 뒤에서 채찍을 휘두르며 저에게 '멈추면 안 돼, 멈추면 끝장이야.'라고 말하는 것 같았어요."

그녀와 이야기를 나눈 후에야 나는 줄곧 조용해 보였던 그녀에게도 이렇게 불안하고 힘든 순간이 있었음을 깨달았다.

왜 잠깐 멈춰서서 쉬지 않았느냐는 물음에 그녀는 "제가 너무 욕심이 많은지 무엇이든 포기하고 싶지 않았고, 돈도 많이 벌고 싶었고, 뭐든지 잘하고 싶었어요."라고 고백했다.

이런 물질 사회에서 욕심을 부리는 것은 나쁜 일이 아니지만, 그 전제는 감당할 수 있을 정도여야 할 것이다.

그녀는 정말 자신의 욕망에 짓눌릴 것 같았다는 것이다. 원하는 것은 많지만, 에너지는 턱없이 부족해 따라가지 못했다. 그녀가 죽기 살기로 버텼던 이유는 "남들이 할 수 있는 건 나도 할 수 있다."라고 자신을 채찍질했기 때문이다.

괴로운 시간을 보낸 후 그녀는 자신이 가장 사랑하는 그림 그리기 외에 다른 모든 일은 잠시 접어두었다. 당연히 경제적으로 손해가 난다. 아쉽지 않았을까? 그녀는 "그렇지 않아요. 금전적 손실은 있더라도 마음의 안정을 얻었어요. 여러 가지를 동시에 하기보다는 지금은 저의 에너지를 가장 잘하는 것에 집중하는 것이 제게 더 맞아요."라고 말했다.

세상에는 두 부류의 사람이 있다. 한 손으론 네모, 다른 한 손으로는 원을 그리면서 동시에 두 가지 일, 심지어는 여러 가지 일을 하는데도 조금도 흐트러짐이 없는 사람이 있는가 하면, 주어진 시간 동안 한 가지 일만 할 수 있는 사람이 있다. 나와 그녀는 후자에 속한다. 몇 년 전 나 또한 그녀와 비슷한 상황에 빠졌고, 결국 그녀와 같은 선택을 했었다.

나의 능력은 눈앞에 주어진 그 한 가지 일을 하는 것 정도였다. 유행이라고 해서 여러 영역에서 신분을 바꿔 가며 사는 것은 나에게 맞지 않는 옷을 걸친 것과 같았다. 물론 최선을 다하면 안 될 것도 없겠지만, 그렇게 하면 매우 힘들어질 것이다.

나의 한 친구는 오히려 1인 미디어가 부흥할 때 공식계정을 닫고 소설을 쓰러 한적한 지방으로 내려갔다. 그녀는 돈을 버는 속도는 느려졌겠지만 자유롭게 글을 쓰는 일을 하게 되어 행복하다고 했다.

돈을 버는 일에 관해서, 이전에 나는 늘 남이 벌 수 있는 돈이라면 나도 벌 수 있다고 생각했다. 또 남이 영위하는 삶은 나도 영위할 수 있다고 생각했다. 그런데 최근에는 생각이 바뀌었다. 어떤 돈은 내가 정말 벌 수 없고 어떤 삶은 정말 잘 못 살고 있었다.

어떤 방식으로 돈을 벌고, 어떤 삶을 살 것인가는
결국 내가 어떤 사람인지에 달려 있다.

어떤 사람은 쉽게 벌 수 있는 돈이

다른 사람에게는 유달리 힘들 수도 있고,

어떤 사람은 물 만난 고기처럼 사는 생활 방식이

다른 사람에게는 매 순간 힘들 수 있다.

03

현대인의 고민은 대부분 선택지가 너무 많고, 욕망이 너무 많아 집중할 능력이 부족한 데서 비롯된다. 아버지는 종종 "돈은 벌어도 벌어도 끝이 없다."라고 하셨다. 다시 말해, 벌고 싶은 만큼 벌수 없고, 원하는 것을 다 얻을 수도 없다는 것이다.

오스트리아 작가인 토마스 베른하르트Thomas Bernhard는 "누구나 그 나름의 길이 있다."라며 "실패자의 불행은 그들이 자기 길을 가지 않으려 하고 남의 길을 가려고 하는 데 있다."라는 명언을 남겼다.

이 말을 살짝 다르게 고치면, 모든 사람은 나름의 돈 버는 방식이 있는데 고통받는 사람의 불행은 그들 자신의 방식으로 돈을 벌지 않고 남들 따라 돈을 벌려고 하는 데 있다는 것이다.

나는 비록 돈을 좋아하지만, 동시에 기분 나쁜 돈은 벌지 않는다는 원칙이 있다. 만약 어떤 일을 하면 큰돈을 벌 수도 있지만, 그 일이 내 마음의 평온을 심각하게 방해한다면 차라리 벌지 않겠다는 원칙이다.

현대 생활의 좋은 점은 다양한 가능성을 제공한다는 데 있다. 멀티족이 인기를 끄는 이유는 사람들이 어떤 신분에 얽매이지 않도록 또 다른 삶의 가능성을 제공하기 때문이다. 그러나 이런 생활 방식을 산다고 해서 한 직업에만 전념하는 사람을 업신여긴다면 안 될 일이다.

평생에 몇 가지 다양한 일을 잘할 수 있다는 것은 멋지지만, 한 가지 일을 잘할 수 있다는 것도 대단하다. 그렇게 하기 위해선 하루하루의 노력과 물방울로 돌을 뚫는 것 같은 인내심, 그리고 인생에서 뺄셈을 하는 지혜가 필요하다.

자신에게서 과한 것을 덜어내면
마음이 평화로워진다.
만약, 지금 조금 버겁다면
빠름의 쾌감보다
느림의 미학을 감상해 보자.
생각보다 환상적일 수 있다!

최근 <대단한 장인들>이라는 다큐멘터리를 봤다. 오늘날 유행하는 멀티족과 비교했을 때 나는 시대에 조금 뒤떨어진 그들 '장인'이 좋다. 다양한 업종에 종사하는 장인들의 한 가지 공통된 정신은 진중함과 끈기이다. 장인정신이란 단순히 기술, 공법이 아니라 이념이고 정서를 말한다. 그들은 자신들이 종사하는 업[※]이 이미 몰락의 길로 접어들었든 그렇지 않든 진정으로 자기 일에 최선을 다한다. 다른 사람들의 눈에 그들의 삶은 무미건조해 보일 수도 있지만, 그들은 오히려 그 속에서 즐거워하고 매초마다 빠져들며, 매 순간마다 자신이 좋아하는 일을 어떻게 최상으로 해낼지 궁리한다.

그런 면에서 그들은 장인일 뿐만 아니라 고집쟁이기도 하다. 그들은 이 완강함으로 외로움을 이겨 내고 세월을 견디며 진정한 세월의 시련을 견뎌 낼 수 있는 공예품을 만들어낸다. 어떤 업종에서든 장인정신은 필요하다.

무롱수이의 글

트렁크 두 개면
충분해!

나는 고향은 시골이지만 도시에서 혼자 생활하는 대부분의 사람들처럼 집이 없다. 다시 말해 상하이에 내 집이 없으므로 직장이 바뀌거나 집세 상승으로 이사를 해야 하는 경우에는 보통 일이 아니다.

집에 쌓아둔 물건들이 너무 많다. 옷, 신발, 가방, 책, 아직 뜯지 않은 화장품, 가전제품들, 그리고 '왜 샀는지 모르는, 그땐 쓸모가 있을 줄 알았는데 사실 쓸모가 없고, 사고 나서 거의 쓴 적이 없는' 물건들이 많다. 수많은 물건에 둘러싸여 옴짝달싹 못 하는 기분이다. 나는 자주 모든 물건을 다른 사람에게 주거나 버렸으면 하는 마음이 들 때가 있다. 지갑, 신분증, 휴대전화, 컴퓨터와 계절에 맞는 옷 몇 벌만 든 가벼운 가방을 들고 새집으로 입주하는 게 소원이었다.

처음엔 나도 물질적으로 만족감을 느끼고 소유하는 것이 즐거웠다. 하지만 이사를 자주 다니면서 부피나 무게가 매우 큰 물건을 사는 것은 의심할 여지 없이 큰 부담이었다. 가능하다면 내 삶을 두 개의 트렁크에 다 넣고 싶다. 가야 할 때 바로 떠날 수 있게 부담 없는 상태로 말이다.

바로 그거다!
쌓여있는 물건들이 애착이나 미련으로
내 발목을 잡지 않았으면 좋겠고
소유의 욕심이 되어
내 삶의 계획이 변경되지 않았으면 좋겠다.

02

대다수 여성의 화장대에는 아마도 화장품이 가득 쌓여 있을 것이다. 나도 예외는 아니다. 내가 살던 집에는 화장대가 없어서, 나는 인터넷에서 책상 하나를 사서 화장대로 사용했다. 어느 순간 화장대는 화장품으로 빼곡 차 빈 곳이 보이지 않을 정도가 되었다.

끓어오르는 구매 욕구는 도대체 어디서 오는 것일까? 비교하는 마음 때문일까? 그렇게 많은 물건을 다 쓸 수 없다는 것을 알면서도 왜 계속 사려고 하는 것일까? 주변 친구들에게 물어보니 다들 나와 비슷했다. 소비주의와 온라인 마케팅에 세뇌된 것 같다. 쇼핑 플랫폼과 상인들은 모든 날을 '소비를 향상시키는 쇼핑 데이'로 만들고, 소셜미디어와 인터넷에서는 '소비주의'를 내세운다. 교활한 브랜드, 사업가, 인플루언서들은 특히 외모 불안, 몸매 불안을 부추겨 상품을 구매하게 만든다. 연애 운, 사교활동, 직장 내 발전, 인생 궤적에 각각 딱지를 붙여 상품을 판매하는 것이다.

우리가 어떤 불안과 공포에 지배당한다고 느낄 때 나의 돈은 바로 상품 판매자의 호주머니 속으로 들어간다. 이 법칙은 전 세계적으로 통용된다. '할인 프로모션, 반짝 세일, 매진 임박'과 같은 알람은 소비자에게 주문을 재촉하게 만든다. 소비하는 것은 품위 있는 일이고, 명품 가방을 메고 브랜드 옷을 입는 것은 품위의 상징처럼 생각하게 만든다. 고급 백화점에 자주 드나드는 것이 좋아 보이게 하는 교묘한 마케팅 기법이다. 이것이야말로 정말 어리석은 행동으로 유도하는 것이다.

'이것이 없으면 넌 낙오자(루저)가 돼!'

못된 주입이다.

나쁜 현혹이다.

그런데도 우리는 목줄에 묶인 개처럼

광고주가 이끄는 대로 끌려간다.

이런 불상사가 있을까.

03

만약 쇼핑몰의 올가미에 빠지지 않고 남에게 휘둘리고 싶지 않다면 자신의 현재 필요에 착안하여 소비주의에 반대하고, 이성적 소비에 초점을 맞춰야 한다. 하지만 알면서도 잘 되지 않는다. 소비는 도파민 분비를 자극해 기분을 좋게 만들기 때문이다.

홍보 회사의 고객 담당자이며 도회적이고 트렌디한 전형적인 엘리트 여성인 내 친구 앤이 있다. 한때 그녀는 소비의 구렁텅이에서 헤어나오지 못했다. 2년 동안 화장품, 스킨케어, 가방, 액세서리를 장만하는 데 쓴 돈이 몇천만 원이나 되었다. 그녀는 1년 치 월급과 연말 보너스를 합쳐도 4천만 원 정도다. 그러니 매달 월급을 받으면 카드값 갚기에도 바빴다.

경제적으로 독립해 직접 벌어서 자신에게 쓰는 것을 나무랄 수는 없다. 하지만 그렇게 마음 편히 물질을 추구하는 생활을 해 오던 앤은 아버지가 사고로 갑작스럽게 입원하자 병원비를 마련하지 못해 친구들을 찾아다니며 돈을 빌리게 되었고, 그제야 문제의 심각성을 깨달았다.

그 후로 앤은 마음을 굳히고 새사람이 되기로 결심했다. 그녀는 유행을 좇지 않고 외식도 줄이고, 가계부 앱도 깔아서 돈의 흐름을 기록하기 시작했다. 그리고 매달 월급의 30%를 저축하기 시작했다. 지난번 그녀를 만나자 그녀는 나에게 여러 번 강조했다.

"이제 다시는 돈을 함부로 쓰지 않을 거야. 쇼핑몰 앱도 삭제했어. 오늘부터 저금을 취미로 삼을 거야. 인생에 돈이 없으면 인간의 존엄성을 잃게 되는 것 같아."

나는 앤이 소비를 끊고 소비의 주체성을 확보했다는 게 반가웠다. 적어도 이젠 팽배한 상업주의에 휘둘리지는 않을 테니까 말이다.

앤은 이제 '묻지 마 소비'의 구렁텅이에서 빠져나왔지만 아직 많은 사람은 그 안에 발을 담그고 빼지 못하고 있다. 세상은 매일 "소비해야 한다. 네가 원하는 것은 지금 당장 사야 한다. 현실은 외면하자. 내일은 내일의 해가 뜰 테니 말이다."라고 속삭이며 유혹의 손길을 뻗친다.

나는 결코 '필요한 소비'를 반대하지 않으며, '극단적 미니멀리즘'을 제창하지도 않는다. 돈을 버는 것은 쓰기 위해서가 아닌가. 인생은 의미 추구 이외에도 즐거움을 위함이 아닌. 내가 정말 반대하는 것은 '욕망과 경제 수준이 맞지 않는 과소비와 마케팅에 세뇌당하는 것, 비교심리로 인한 구매 욕구'이다. 자신에게 가장 적합한 생활과 소비 방식을 선택해야 한다는 것이다.

소로는 "삶에 깊이 파고들어 삶의 진수를 찾고 싶다. 그래서 충실하고 단순해지고, 삶에 불필요한 모든 것을 깨끗이 제거하고, 삶을 막다른 곳으로 몰아넣고, 가장 기본적인 형태로 만들고 싶다." 라고 말했다.

삶을 사랑하지만, 삶과 물질에 속박당하지 마라.
날개를 가지고 날아오르길 원한다.

가벼운 날개와 적당한 물욕만 갖기를,
물건의 역사와 사용 가치를 따지고,
각각의 물건에 담긴 감정적인 연결고리를 소중히 생각하고,
언제든 떠날 수 있고, 어디든 머물 수 있기를 바란다.

샤샤오바이의 글

나답게
행복할 용기

01

지드래곤 콘서트에 갔을 때의 일이다. 콘서트에 앞서 어린 시절의 8세 권지용(지드래곤 본명)이 대형 스크린 화면에 나타났다. 한 TV 프로그램에서 진행자가 이름이 뭐냐고 묻자 "권지용입니다. 올해 여덟 살이고 랩을 잘하는 사람이 되고 싶습니다."라고 말한다.

27세가 된 무대 위 지드래곤은 영상 속 8세의 자신과 듀엣 공연을 펼쳤다. 관객들은 가슴속에서 뭔가 끓어오르는 듯 크게 환호성을 질렀다. 내 옆의 친구 안흔도 그들과 함께 노래했다. 콘서트가 끝나고 안흔은 웃기 시작했지만, 나는 그녀의 눈에서 흐르는 눈물을 어렴풋이 보았다.

어린 시절, 안흔의 어머니는 간질이 있었고, 아버지는 왼쪽 발에 장애가 있어서 폐지를 모은 돈과 정부 보조금으로 겨우 생활하는 형편이었다. 하지만 그런 환경 속에서 자라면서도 그녀는 자신의 운명이 비참하다고 생각하지 않았다.

안흔이 여섯 살이 되던 어느 날, 아버지는 쓰레기 더미 속에서 낡은 무용화 한 켤레를 주워 왔다. 이 작은 무용화가 어쩌면 그녀의 꿈의 시작이 아니었을까. 여섯 살의 안흔은 그 작은 무용화를 신고 오래된 흑백 텔레비전을 보고 있었다. 마침 어린이 무용 프로그램이 방송되고 있었다. 그날 밤, 어린 그녀는 흥분해서 밤새 잠을 이루지 못하고 다음 날 다시 텔레비전 속 아이들과 함께 춤추기를 기다렸다. 안흔은 창밖의 별이 유난히 밝다고 느꼈다.

꿈은 과대 포장지에 싸인 채 다가오지 않는다.
스미듯
흐르듯
슬며시 다가와 우리 옆에 선다.
이를 알고
먼저 손을 잡아주는 사람에게 안긴다.

안흔이 초등학교에 입학했을 때 집안 형편이 괜찮은 친구들은 무용반에 들어가서 춤을 췄지만 안흔은 방과 후 매일 아버지의 일을 도울 수밖에 없었다. 가축을 돌본 다음에야 돼지 우리에서 춤의 기본기인 다리 누르기, 어깨 누르기, 발등 밀기, 다리 찢기, 발차기, 허리 굽히기 등의 연습을 할 수 있었다.

안흔은 열여섯 살이 되었을 때 뛰어난 춤의 기량으로 음악 선생님의 후원을 받게 되었다. 선생님의 도움으로 그녀는 무용대회에 참가하게 되었다. 단돈 3만 원을 들고 한 번도 가 본 적이 없는 대도시로 향했다. 난생처음 타 본 기차 안에서 그녀는 창밖 풍경에 눈이 반짝거렸다.

대회 날, "기본기는 괜찮은데 창의성이 부족하네요. 앞으로 힘내세요."라는 심사위원의 말에 안흔은 맥이 빠졌지만 대회에 참가했다는 것만으로도 좋았다며 자신을 위로했다. 한편으로 그녀는 꼭 어려움을 딛고 더욱 연습에 매진해 더 많은 사람에게 아름다운 춤으로 감동을 주겠다고 다짐했다.

고향에 돌아온 후, 안흔은 공부하는 것 외에는 춤 연습에 몰두했다. 한 동작을 위해 다리가 저릴 때까지 연습했다.

그 이후에도 안흔의 삶의 평탄하게 흘러가지 못했다. 꿈꾸던 유

명한 예술학교에 합격하였지만 높은 수업료 때문에 입학을 포기
해야 했다. 어쩔 수 없이 그녀는 현지 공연팀에 지원해 곳곳을 다
니며 공연활동을 했다.

03

드디어 그녀는 스무 살 무렵 창작한 안무로 뛰어난 춤을 선보였
는데 어느 사업가의 눈에 띄어 에술 지원을 받을 수 있게 되었다.
그 사업가는 그녀가 외국에 가서 공부할 수 있도록 모든 학비와
필요한 생활비를 부담하겠다고 했다.

외국에서 보낸 3년은 무척 힘들었지만 그녀에게 가장 행복한
시간이었다. 외국어 기초가 전무해서 매일 밤 12시부터 새벽 3시
까지 낡은 컴퓨터를 이용해 영어 스피킹을 배웠다. 낮 수업이 없을
때는 식당에 가서 접시를 닦고, 전단지 돌리기와 신문 배달 알바를
했다. 시간이 흐르면서 영어 단어 하나 제대로 읽지 못하던 그녀는
유창하게 대화하는 수준이 되었다. 춤도 짜임새 있게 중국과 서양
문화의 진수가 녹아들었고 전체적인 기품은 점점 더 우아해졌다.

귀국 후 예술학교 교사로 초빙된 안흔은 무용의 진수를 더 많은
아이들에게 전하고 싶었다. 수업 시간 외에도 그녀는 치파오를 입

고 각종 행사에 참가하며 그녀의 생활은 점점 더 다채로워졌다.

우리 꿈은 산과 같다.

골짜기가 산을 높이고

깊은 골짜기에서는 산의 높이를 가늠할 수 없다.

길 위에서 헤매게 만들고

아예 주저앉게 만든다.

쉽게 정상을 내주지 않으려는 꿈과 산의 속임수이다.

골짜기를 벗어나는 자만이

올라설 수 있는 정상이다.

우리는 모두 꿈이 있었다. 하지만 그 꿈을 이룬 사람은 몇이나 될까? 어떤 사람은 최소한의 생활비조차 감당하지 못하면서 어떻게 먼 꿈을 이야기할 수 있겠냐고 한탄할지도 모른다. 혹 이 순간 현실은 팍팍하고 자신은 너무 보잘것없다고 생각할지도 모른다. 얼마나 많은 사람이 하고 싶은 일을 현실이라는 벽에 부딪혀 원하지 않는 일에 발목 잡혀 있을까.

꿈은 너무 멀리 있다고 생각하고, 드넓은 우주에서 우리는 티끌처럼 보잘것없는 존재라고 생각하지만, 그게 무슨 상관인가? 우리가 이 세상에 온 이유는 자신이 바라는 사람이 되어서 자신만의 작은 행복을 만들기 위해서가 아닌가?

꿈은 저 멀리 있는 것처럼 보이고, 현실은 참담할 수 있다. 하지만 묵묵히 노력하며 자신의 꿈을 유지한다면 언젠가는 햇살이 주는 따뜻함을 느낄 수 있을 것이다.

잊지 않는다면 반드시 결과가 있다.
무슨 일을 하든지 초심을 잃지 마라.
세상에서 가장 아름다운 일은
누군가의 삶을 모방하는 것이 아니라,
마지막에 무언가를 갖게 되는 것이 아니라,
자신이 처음에 바랐던 모습으로 사는 것이다.

이샤오위엔의 글

드넓은 우주에서 우리는
티끌처럼 보잘것없는 존재라고 생각하지만,
그게 무슨 상관인가?
우리가 이 세상에 온 이유는
자신이 바라는 사람이 되어서
자신만의 작은 행복을
만들기 위해서가 아닌가?

마음속에 먼 곳을 품은 사람만이 먼 곳에 도달할 수 있다.
당신의 마음이 커질 때 당신의 세계도 넓어질 것이다.

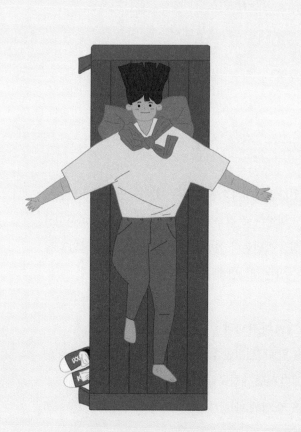

4장

마음이 커질 때
내 세계도 넓어진다

말을
아껴야 하는 이유

$$01$$

　사람들은 인간관계에서 가치관이나 세계관, 인생관이 맞는지가 중요하다고 말한다. 우리는 사귀고 헤어지는 과정을 거치면서 비로소 그 사실을 깨닫는다. 살면서 자기 자신과 주변 사람의 감정 관리를 잘할 수 있는 대화법 몇 가지를 나눠보고자 한다.

말을 너무 많이 하지 마라

　사회생활을 할 때 '적절한 침묵'이 중요하다. 거침없이 말을 쏟아내는 사람보다 적당히 침묵할 줄 아는 사람이 매력적이다.

　한번은 친구와 함께 한 행사장을 찾은 적이 있었다. 그곳에서 처음 알게 된 사람들과 잡담을 나누게 되었다. 우리가 무슨 일을 하는지 알게 된 상대방은 온갖 편견을 섞어 가며 말을 했다. 내가 그의 말에 반박하며 오만함을 꼬집으려 하자 처음부터 끝까지 말이 없던 내 친구가 옆에서 눈짓으로 나를 가로막았다.

행사가 끝난 후 나는 친구에게 왜 논리적으로 상대방에게 따지지 않았는지 물었다. 친구는 이렇게 말하는 것이 아닌가.

"동의하지 않는 것에 대해 침묵으로 의견을 표현할 수도 있어. 상대방에게 잘못이 있어도 빠져나갈 구멍 하나는 남겨줘도 괜찮아. 가볍게 수다 떠는 시간이었는데 너무 따지는 것도 그렇잖아?"

우리는 한 번 오해를 받으면 그 즉시 반박하려 들고,
편견에 부딪히면 소매를 걷어붙이고
우열을 가리는 데 열을 올린다.
상대의 잘못을 알게 되면
습관적으로 바로잡으려 하고
자기 기준이나 눈에 거슬리는 것은 참지 못한다.

하지만 결국 귀담아듣고 침묵하는 사람이 점점 더 다른 사람의 신뢰를 얻는다. 반면 남의 잘못은 꼭 짚고 넘어가야 직성이 풀리는 사람들은 오히려 사람들과 멀어질 수 있다.

대만의 유명 사회자인 차이캉융은 『말 잘하는 법』에서 "의미 없는 승리를 상대방에게 건네주고, 질 줄 아는 사람이 말을 잘하는 사람이다."라고 했다. 사람들과 어울리며 말로 우열을 다투지 않는 것이 현명하다. 이것은 일종의 존중이자 수양이다.

$$02$$

타인의 말을 옮기지 마라

말실수를 하지 않으려면 일단 타인의 사적인 이야기 등은 옮기지 않아야 한다. 사회성이 좋은 사람은 침묵할 줄 알며 함부로 남의 이야기를 하지 않는다.

하루는 친한 친구가 최근 옆자리 동료와 매우 불편한 사이가 되었다고 털어놓았다. 사실 두 사람은 줄곧 잘 맞아서 사이도 무척 좋아 자매처럼 보일 정도였다. 어느 날, 친구가 그 동료에게 남편과 싸운 이야기를 들려주었다. 그런데 며칠 지나지 않아 다른 부서 사람이 다가오더니 "혹시 이혼할 생각이세요?"라고 물었다는 것이다.

친구는 자신의 이야기를 회사 다른 사람들이 알고 있다는 사실에 큰 충격을 받았다. 자신은 그저 편하게 친한 동료에게 털어놓았을 뿐인데 어떻게 이런 소문이 퍼졌을지 짐작이 갔다. 그 후로는 무슨 일이 있어도 그 동료에게 말하길 꺼렸고, 차츰 그 동료와는 멀어지게 되었다.

상대방이 뭔가 이야기를 털어놓을 때는 잠시 감정을 풀어낼 뿐이지, 그것이 그의 솔직한 생각을 대변하지는 못한다. 따라서 그의 일시적인 감정을 자신의 해석대로 마음대로 유추하고 그 이야기를 또 다른 사람에게 옮긴다면 어떤 일이 벌어질지 충분히 짐작이 가고도 남는다. 가장 무서운 것은 말을 하다가 점점 분별력을 잃을 수 있다는 것이다. 자칫 단어를 잘못 사용하면 듣는 이에게 오해를 살 수도 있고, 헛소문이 돌 수도 있다.

"사람이란 콜라병처럼 입은 작고 배는 큰 모양이 되는 게 좋다." 라는 말이 있다. 이는 남에게 들은 것은 모두 배 속에 집어삼키고, 토해 낼 때는 입술을 오므려 말하라는 뜻이다. 남의 사사로운 일을 듣고 함부로 전하지 말라는 얘기다. 자신을 지키고 콜라병 같은 사람이 되어야 더 많은 신뢰를 얻을 수 있다.

말을 잘하는 사람은 생각한 뒤에 말하고,
말을 잘 못하는 사람은 생각 없이 말한다.

감정부터 다스리고 말한다

"가는 말이 고와야 오는 말이 곱다."라는 속담이 있듯이, 부정적인 말은 부정적인 말을 부른다. 습관적으로 부정적인 말을 한다면 일단 감정부터 잘 조절하는 것이 먼저다.

말을 할 때 '중용의 길'을 걷는 것이 중요하다. '중용'이란 모든 결정에서 중간의 도를 따르는 것이다. 개인적인 감정을 배제하고 도를 넘어서 폄훼하거나 지나친 과장이나 허세를 부리지 않아야 한다.

똑똑한 사람이 흔히 쓰는 화법은 '감정을 빼고 사실만을 말하는 것'이다. 예를 들어 부부가 집안일로 다투는 경우 어떤 남편은 다툼의 상황에서 벗어날 줄 안다. 그는 아내의 심리적인 욕구를 이해하고 위기를 해결한다. 하지만 말을 잘하지 못하는 남편은 아내와 사소한 일로 우열을 가리느라 다투게 된다.

일을 원만하게 해결하고 싶다면, 자신의 뜻대로만 일을 처리해선 안 되며, 맹목적으로 말을 함부로 하지 말아야 한다. 경솔하게 말해서도 안 되고, 험한 말을 해서도 안 된다. 감정을 다스리고 말을 한다면 어떤 일이라도 잘 해결할 수 있다.

이목구비를 살펴보면 눈과 귀는 모두 두 개인데, 입은 하나밖에 없다. 이를 두고 누군가는 이렇게 말했다.

"신은 우리가 많이 듣고 많이 보고 말은 적게 하길 원하셨기 때문이다."

묵자墨子도 제자인 자금子禽에게 이렇게 말했다.

"끝없이 말하는 데 무슨 유익이 있을까? 이를테면 연못의 개구리는 목이 마를 때까지 날마다 울어대지만 아무도 신경 쓰지 않는다. 그런데 수탉은 날이 밝을 때만 두세 번 운다. 사람들은 닭 우는 소리를 듣고 날이 밝은 것을 안다."

말은 그 사람의 격이다.
자기감정에 입이 놀아나려 한다면 침을 삼켜라.
진중해야 한다.
감정을 다스리면 말이 정제되어 나온다.

천아미의 글

행운을
붙잡지 못하는 이유

01

다툼이 벌어졌다. SNS에서 한 사람을 '뚱보', '멍청한 여자'라고 언급한 것이 화근이었다. 욕을 먹은 당사자는 나의 형수였는데 그녀는 체격은 큰 데 반해 마음은 밴댕이 소갈머리 같다. 그녀는 그 일로 너무 화가 나 새벽 5시에 나에게 전화해서 어떻게 복수하면 좋을지 생각해 보라고 했다. 결국 오전 9시에 부리나케 그녀가 집으로 찾아왔다. 아침을 먹는 동안 그녀는 다툼에 대해 격분하며 털어놓았다.

그 두 사람은 1년 내내 암암리에 기싸움을 하다가 뜻밖의 일로 절정에 치달은 것이다. 나는 형수에게 그만두라고 권하면서 이런 작은 일로 분노하지 말라고 다독였다. 그녀는 눈을 부릅뜨고 반박했다.

"작은 일이라고요? 당신은 몰라요. 그 사람이 SNS에 올린 그 한 글자 한 글자가 얼마나 내 마음에 비수로 꽂혔는지!"

"이 일을 들쑤시지 말고 가능한 한 좋은 쪽으로 생각해 봐요. 형수님은 이 일 때문에 1년이나 허비했어요. 이렇게 계속 가면 끝도 없어요."

한참을 이야기했지만 형수는 한마디도 귀에 들어오지 않는지 떠날 때 퉁명스럽게 어떻게 하면 좋을지 더 생각해 보라는 말만 던졌다. 형수를 보며 생각했다. 마음이 인생을 좌우한다고, 최소한 삶의 질을 결정한다고 말이다. 가볍게 웃고 넘길 수도 있는 일인데 1년간을 싸우고 원망하고 시간을 낭비하고 감정적으로 서로에게 악영향을 미쳤다. 마음 씀씀이가 좁으면 작고 사소한 문제도 그냥 넘어갈 수가 없다. 거기에 매달려 인생을 낭비하게 되는 것이다.

그냥 일이 자연스럽게 흘러가게 두고
마음의 흐름을 지켜보자.
두 눈을 감고서~

사람은 평생 다양한 선택에 직면한다. 어떤 진로와 직장을 선택하는 게 나에게 맞을지, 현 직장에서 이직을 할지 그대로 다닐지, 빌라를 살지 무리를 해서라도 아파트를 살지 등 크고 작은 선택 앞에 놓인다.

당신은 일자리를 찾을 때, 회사 복지가 좋은 곳을 갈 것인가. 지금은 작은 회사이긴 하지만 미래 전망이 좋은 곳으로 갈 것인가. 상대방과 갈등 관계에 놓일 때 담담하게 대응할 것인가, 아니면 긴 시간 상대방과 싸울 것인가. 이를 결정하는 것은 성격, 가치관, 인생관, 세계관 그리고 취향으로 보이지만 근본적으로는 '마음'이다. 마음이 크고 멀리 볼 줄 알면 편협하지 않다. 사소한 일에 얽매이지 않고 미련한 결정을 하지 않고 까닭 없이 일생을 그르치지도 않는다.

600여 년 전, 나관중은 이렇게 말했다.

"영웅은 큰 뜻을 품고 마음에 좋은 계략이 있으며, 우주를 품고 천하를 삼킬 의지가 있다."

영웅은 물론이며, 큰일을 하고 모든 일이 원만하게 잘 되는 사람들은 다 그렇다. 그들은 큰 뜻을 품고, 마음속에 좋은 계략이 있다. 그래서 일이 생기면 경중을 잘 가려내고, 득실을 분별할 줄 안다.

먼 곳을 품어야 먼 곳에 도달할 수 있다. 한 사람의 부, 성취, 결혼, 행복지수 등은 자신의 마음 크기보다 클 수 없다. 그리고 이들이 모여 운명이 된다.

어른으로서 가장 수련해야 할 것은 마음이다. 문제를 넓게 볼 줄 알아야 한다. 감정에 휘둘려서는 안 된다. 부분적인 것에 미혹되어 큰 것을 잃어선 안 된다.

시선을 저 먼 곳에 두라. 작은 일에 얽매이지 마라. 마음이 커지면 자신의 세계가 넓어지고, 인생은 더 높고 더 밝은 곳으로 가게될 것이다.

중요한 것은
자신의 마음에 있는 생각을
구분할 수 있어야 한다.
어떤 게 속 좁은 생각이고
어떤 게 추앙받는 긍정의 태도일까?

이월량의 글

어른으로
산다는 것

(*01*)

소리 없이 무너지는 사람들

　요즘 아무것도 할 수 없고, 많은 사람 앞에서 약해질 수도 없는 상황에서 일과 일상을 꾸려 가다 그저 밤늦게 홀로 무너지는, 그야말로 멘붕이 온 사람들이 많다고 한다. 한 친구가 SNS에 글을 올렸다.

　"당신 곁에서 아무렇지도 않은 척하는 어른들에게 잘해 주세요. 어쩌면 그들은 당신의 응원을 간절히 바라고 있는지도 모릅니다."

　톨게이트 요금수납원이 앞에 고장난 차량을 밀어내는 것을 도와주느라 요금 수납이 원활하지 못했다. 몇 분을 지체했고, 뒤에 줄 서 있던 운전기사에게 느리다고 욕을 먹었다. 여성 수납원은 반박하지 않고 웃으며 계속 일하다가 슬며시 고개를 돌리더니 그제야 참았던 눈물을 쏟았다.

아무리 마음이 힘들더라도 혼자 짊어져야 할 때가 있다. 그들의 정신은 겉으로 보기엔 잔잔해 보이고, 말도 잘하며, 잘 웃고, 사교적이지만 마음은 공허함으로 밑바닥으로 추락 중이다.

A 씨는 생활 형편은 어려워도 가족이 건강하고 화목해 나름 행복하다고 느끼며 살았다. 그런데 불행히도 그는 정기 건강검진에서 암 판정을 받았다. 그는 감히 이 소식을 아무에게도 알리지 못하고, 몰래 혼자 치료를 받았다. 그리고 평소처럼 매일 출근하고 퇴근하며 아이들과 장난을 치고 일주일에 한 번씩 부모님 댁을 방문했다. 그러던 어느 날 아내가 그에게 요즘 왜 이렇게 머리가 많이 빠지냐고 물었다. 그는 웃으며 "내가 머리를 많이 써서 그렇지!"라고 말했다. 말을 마친 후 그는 화장실로 뛰어들어가 혼자 조용히 울기 시작했다.

드라마 <응답하라 1988>에는 이런 대사가 나온다.

어른은 그저 견디고 있을 뿐이다.
어른으로서의 일들에 바빴을 뿐이고
나이의 무게감을 강한 척으로 버텨냈을 뿐이다.
어른들도 아프다.

어른은 거센 파도에도 놀라지 않을 수 있지만 반대로 작은 일 하나에도 완전히 무너질 수 있다. 남들에게는 별것 아닌 일처럼 보이지만, 그들에게는 과거에 쌓아두었던 수많은 설움과 슬픔을 끄집어내는 일이기도 하다.

한 네티즌은 "나는 일의 압박을 느낀 적도 있고, 실연의 고통을 당한 적도 있지만, 목욕을 하다가 뜨거운 물이 안 나와서 주저앉아 욕하고 운 적이 있다."라고 말했다.

울고 난 뒤에는 금방 눈물을 닦아야 하고, 금세 제자리를 찾아 돌아와야 한다. 어른들의 세상에는 멘탈 붕괴라는 선택지가 없다. 자신의 결말은 스스로 책임질 수밖에 없다.

모든 어른은 무거운 짐을 지고 앞으로 나아가고 있다.

02

재난 후 생존자는 모두 새로운 인생을 살게 된다

인생에 닥치는 큰 어려움은 모두 성장하기 위해 넘어야 할 산이다. 성장통을 겪으면 맑음이 찾아온다.

한 잡지에서 읽은 글이다. 제이미는 발전기 공장 사장이었지만 파산하고 만다. 법원이 파산 결정을 통보하던 날, 아내는 이혼하고 자녀를 데리고 떠나버렸다. 파산 후 제이미는 모든 것을 잃었고 기본적인 생활조차 하기 힘들었다. 어제까지만 해도 은행은 그에게 미소를 보냈는데, 오늘은 그들이 그의 손에서 싸늘하게 집을 앗아갔다. 제이미는 잠잘 곳을 찾아보았으나 결국 어쩔 수 없이 지하철 입구 쪽에서 잠을 청해야 했다.

갑작스럽게 찾아온 막막한 현실이지만 제이미는 결코 자포자기하지 않았다. 빈 병과 폐지를 줍는 생활을 하면서도 그는 실패의 원인을 분석하고 좋은 사업모델을 구상했다. 결국 그는 호주에서 손꼽히는 부자가 되었다. 제이미는 "저의 성공을 돌이켜 보면 만약 그때의 파산이 없었다면, 저는 절대로 성공을 결정하는 요소들, 예를 들어 충격과 고통에 직면하는 방법, 실패의 상황에서 목표를 어떻게 확고하게 할지, 내가 보완해야 할 것은 무엇인지 등등을 깨닫지 못했을 것입니다. 고통과 실패는 저의 자산입니다."라고 말했다.

모든 사람이 걸어온 시간 속에는 언제나 예상치 못한 놀라움과 예상치 못한 실패가 있다. 갈증이 나면 물을 마시는 것처럼 춥고 더운 것은 오직 자신만 느낀다. 모든 어려움은 혼자 짊어질 수밖에 없다.

누군가는 이렇게 말한다.

"아무도 도와주지 않고, 응원해 주지 않고, 돌봐 주지 않은 나날을 보낸 경험이 있습니다. 지나고 나서 보니, 그것이 성인식이었음을 깨달았습니다. 그것을 넘지 못했다면 그저 밑 빠진 독에 물 붓기가 되었을 것입니다."

혹독한 추위는 따뜻한 봄날을 예고한다.
싹을 품고 있다는 뜻이다.
꽃을 피울 양분이 저장되고 있다는 의미이다.
그러니 버텨라! 이겨내라!
그리고
내일을 기대하라!

　세상에는 오직 하나의 진정한 영웅주의만이 있다. 그것은 삶의 진면목을 알고도 사랑하는 것이다. 용감하고 침착한 사람만이 어두운 밤을 넘기고 광명을 맞이한다. 어른의 세계에서 모든 재난을 이겨 낸 생존자라야 새로운 인생을 살 수 있다.

스스로 일을 감당하는 것은 대단한 재주다

어떤 사람의 인생이든지 고난과 역경이 있게 마련이다. 노력해서 지나고 보면 그때서야 지나갈 수 없을 것 같던 많은 일들이 이를 악물고 버티면 지나간다는 것을 깨닫게 된다. 그 고통스러운 날들이야말로 인생에서 가장 좋은 날들이고, 그 시간이 바로 나 자신을 만든다. 작가 쑤천은 이렇게 말했다.

> "가장 기분이 나쁠 때에도 제때 밥을 먹고 일찍 자고 일찍 일어나면 예전처럼 살게 된다. 이런 사람이야말로 어떤 일이든 스스로 감당할 수 있는 사람이다. 아무리 일이 복잡해도 마음까지 어지럽힐 수는 없다. 사람에게는 많은 재주가 필요하지 않다. 다만 스스로 일을 감당하는 것이야말로 대단한 재주다."

흉터는 상처의 아픔을 기억한다.
같은 곳에서 넘어지지 않도록 잡아주며
같은 실수를 반복하지 않게 인도한다.

인생의 성공을 결정하는 것은 어떤 화려한 재주가 아니라 일이 닥쳤을 때 그것에 대한 책임을 질 수 있는가이다. 일을 잘 감당하는 사람은 거센 파도를 겪으면서도 고개를 들고 가슴을 쫙 펴는 용기가 있다. 그래야 웃으며 인생을 대하고 밝은 내일을 맞을 수 있다.

시모란의 글

주는 사람과
빼앗는 사람

01

며칠 전 패스트푸드점에 갔을 때의 일이다. 영화표를 손에 쥔 한 여성이 직원에게 화를 내고 있었다. 그녀가 주문한 햄버거를 받으려면 3분 정도 기다려야 하는데 곧 영화가 시작되려고 했기 때문이다.

그녀는 잡아먹을 듯한 기세로 화를 냈다. 목청도 커서 매장 전체에 그녀의 목소리가 쩌렁쩌렁 울렸다. 그녀는 직원을 몰아붙였고, 여직원은 연신 나지막이 사과했다.

사람들 중에는 자기보다 약자인 사람들에게 무례하게 행동하는 경우가 있다. 그런데 그들의 내면을 살펴보면 그들 또한 그러한 존중이나 대우를 받지 못했던 경험이 있다.

　주민은 경비원에게 불친절하고 경비원은 배달서비스 방문자에게 불친절하다. 루쉰은 "용감한 사람은 더 강한 자를 향해 분노하며, 비겁한 자는 더 약한 자를 향해 분노한다."라고 말했다. 약자가 괴롭힘을 당하면 자기보다 더 약한 사람에게 분노를 쏟아부을 때가 많다.

　일상에서 이런 일은 흔하게 찾아볼 수 있다. 밖에서 자주 무시받는 남편은 자신을 무시한 사람에게는 아무 소리 못 하고 집에 돌아와 약한 아이와 아내에게 막말을 하거나 때린다. 혹은 고양이나 개를 걷어차고 물건을 깨부수기도 한다. 이것이 바로 전형적인 겁쟁이의 행태다. 또 윗사람에게 욕을 먹고 나면 아랫사람을 향해 화풀이를 하는데, 이는 마음이 넓지 않음을 보여 준다. 갑은 을을 괴롭히고 을은 병을 괴롭히는 꼴이다.

　만약 누구나 강자에게 고개를 숙이고 약자를 냉대한다면, 이는 악순환의 고리가 된다. 약자는 괴롭힘을 당하다가 돌아서서 자신보다 더 약한 사람을 괴롭힌다. 그러다 가장 약한 사람을 괴롭힐 수 없을 때면, 종종 강자에게 복수하고 함께 망해 버리자는 생각을 실천에 옮기기도 한다. 우리가 약자에게 잘 대해 주지 않고 그들에게 분노한다면, 결국에는 모든 사람이 피해를 볼 것이다.

비겁한 자만이 약자를 괴롭히는 데서 쾌감을 느낀다.
이는 문제를 해결하기는커녕,
도리어 감정을 옮기는 방식으로
분노가 바이러스처럼 퍼진다.
자신의 결함을 해결하려는
무능함의 표현일 뿐이다.

02

때로는 약자들끼리 서로를 짓밟는 경우가 있다. 왜 그럴까? 그들은 생존하기 위해 작은 틈바구니에서 살아간다. 폐쇄적이고 편협하며 근시안적이고, 사소한 원한도 반드시 갚으려 하고 이것저것 따진다. 그렇게 서로를 짓밟는다.

게를 잡아본 사람은 안다. 대나무 통에 게 한 마리를 넣으면, 반드시 뚜껑을 닫아야 한다. 그렇지 않으면 기어나오기 때문이다. 하지만 몇 마리를 더 잡아서 통에 넣으면 뚜껑을 닫을 필요가 없다. 게들은 아무리 발버둥 쳐도 기어 나올 수 없게 된다. 두 마리 이상의 게가 통 안에 있으면 한 마리씩 앞다투어 출구를 향해 기어가기 때문이다.

게 한 마리가 출구에 거의 도달하면 나머지 게들이 그 게를 집게로 붙잡아 결국 아래층으로 끌어내린다. 그리고 다른 게가 짓밟고 올라간다. 이렇게 돌고 돌다 보면 성공하는 게는 한 마리도 없다.

이것이 바로 현대 사회를 살아가는 사람들의 마음가짐이다. 내가 기분 나쁘게 지낸다면 다른 사람도 기분이 나빴으면 좋겠다. 내가 올라가지 못하면 다른 사람도 못 올라가게 잡아당긴다. 이것이 바로 게의 법칙이다.

사람들은 초조해하고 불안해하며, 서로 경계하고 남들이 먼저 올라설까 봐 두려워한다. 하지만 이런 마음가짐은 그들의 상황을 더욱 악화시킬 뿐이다.

당장, 눈과 마음에서 '경쟁'의 커튼을 걷어라. 배려하고 연대하면 더 넓은 세상이 펼쳐진다.

남을 편안하게 해 주는 것이 곧 나를 편안하게 하는 것이다.

자, 당신은 서로를 힘들게 하는 사람이 될 것인가, 아니면 다른 사람을 돕고 성공하는 사람이 될 것인가? 답은 분명하다!

수무란의 글

용감한 사람은 더 강한 자를 향해 분노하며,
비겁한 자는 더 약한 자를 향해 분노한다.

선을 지키는
말하기 기술

01

말은 예술이다. 말을 잘하는 것은 일종의 능력이고, 침묵을 지키는 것은 인생에서 가장 어려운 수행이다. 사람됨의 분수를 아는 것은 말과 행동이 분수를 아는 데서 나온다. 함부로 따지거나 말하지 않고, 남의 비밀을 가볍게 발설하지 않는 것은 모두 말하기의 분수이고, 사람됨의 기준이다.

남의 상처를 꼬치꼬치 캐묻지 않는다

사람은 고집이 센 동물이다. 산속에 호랑이가 있는 것을 뻔히 알면서도 산속으로 들어간다. 직접 부딪쳐 보기 전에는 절대 돌이

키지 않는다. 사람들의 마음속에는 하나의 매듭이 있어 풀지 못하면 놓을 수가 없다. 하지만 모든 일을 다 알아내서 분명하게 해결하자는 것이 아니다. 사람이 사는 것은 때로는 똑똑함이 독이고, 어리석음이 오히려 더 편하고 즐거울 수 있다.

한 시트콤에 '조지'라는 인물이 있다. 한번은 조지가 동네 양로원에 봉사활동을 하러 갔다. 그가 도와준 노인은 86세로 배우자가 세상을 떠나고 홀로 양로원에 살면서도 하루하루를 즐겁게 보내고 있었다. 조지는 이런 상황에서도 노인이 어떻게 이렇게 즐거울 수 있는지 이해할 수가 없었다. 그가 물었다.

"무섭지 않으세요? 시간이 얼마 안 남았다는 생각이 들면 어찌 두렵지 않을 수 있겠어요? 마음 아프시죠?"

결국 노인은 참다못해 몹시 분노하며 외쳤다.

"썩 꺼져!"

노인이 화를 낸 이유는 분명하다. 조지의 한마디 한마디가 다른 사람에게 보여 주고 싶지 않은 상처를 건드리는 것이었기 때문이다.

사람의 마음을 읽을 줄 아는 지혜가 필요하다.
아픔을 달래줄 수 있는 따뜻한 말

어려움을 이기도록 돕는 격려
고통을 덜어주는 위로
모두 한 모금의 지혜에서 나온다.

상담 예능 프로그램에서 한 출연자가 갑자기 서럽게 펑펑 울었다. 그러나 사회자는 우는 이유를 캐묻지 않았다. 사람은 누구나 남에게 알리고 싶지 않은 마음속 깊이 간직한 비밀이나 상대적으로 무거운 과거가 있다. 자신의 호기심을 채우기 위해 남의 아픈 흉터를 들추는 것은 잔인한 행동이다. 캐묻지 않는 것은 분수를 아는 사람의 예의 바른 행동이다.

02

함부로 말하지 않는다

장자는 "그대는 물고기가 아니거늘, 어찌 물고기의 즐거움을 알겠는가?"라고 했다. 즉, 다른 사람이 처한 상황을 잘 모르면서 자신의 생각대로 함부로 헤아리거나 평가하며 논하는 것은 금물이라는 뜻이다.

태국에서 한 공익 광고를 본 적이 있었다. 매우 사납게 생긴 아주머니가 임대료를 받기 위해 시장에 간다. 시장에 들어서자마자 한 장사꾼에겐 임대료를 내라고 호통치고, 고기를 파는 노점상에 가서는 정육점의 저울을 빼앗아 바닥에 내동댕이친다. 이어서 누군가에게 손가락질하며 한 노점상의 물건을 전부 가져가라고 명령한다. 누군가 이렇게 갑질하는 모습을 영상에 담아 인터넷에 올렸고, 사흘도 안 되어 조회 수가 만 회를 넘는다.

이 동영상은 네티즌들의 분노를 자아내 그들은 아주머니의 심보를 지적하며 장을 보러 가지 말라고 호소한다. 그러나 얼마 지나지 않아 다른 시장 상인들이 나서서 아주머니의 사정을 설명했다.

아주머니가 임대료를 내라고 호통친 상인은 이미 일 년이나 임대료를 연체하고 있던 것을 봐주고 있었고, 정육점의 저울을 집어던진 것은 그들이 오랫동안 무게를 속여 팔았기 때문이며, 노점상의 물건을 가져가라고 한 것은 처지가 딱한 그녀가 노점을 계속 운영할 수 있게 물건을 구매한 것이었다고 설명한다.

대중들은 사건의 표면만 보았을 뿐, 진상을 잘 알지 못하면서 무작정 추측성 발언을 쏟아낸 것이다. 사건의 단면만 보고 섣불리 남을 공격하거나 언어폭력을 가해 다른 사람에게 피해를 끼쳐서는 안 된다. 왕샤오보 작가는 "침을 튀겨 가며 다른 사람의 가치를 평가하는 것은 차원이 낮은 일이다."라고 말했다.

잘 모르는 일에 함부로 끼어들지 말고 섣불리 결론을 내리지 않는 것이야말로 가장 큰 수양이다. 다른 견해를 가질 수는 있지만, 다른 사람에게 돌을 던질 권리는 없다.

사람은 누구나 자신만의 삶과 선택이 있는 법이지만, 제삼자인 우리가 남의 삶을 함부로 평가해서는 안 될 일이다.

03

폭로하지 않는 것이 지혜다

좋은 삶의 철학은 바로 '분수'를 아는 것이다. 사람을 사귈 때 말에 여유가 있고, 남을 존중하고 배려하며 서로를 편안하게 하는 것이 처세의 지혜이다.

사상가 장빙린은 경제적인 문제에 부딪혀 어쩔 수 없이 친구에게 도움을 청했다. 이에 친구는 직접 쑤저우로 달려와 인사를 나눈 뒤 수표 한 장을 잘 접어서 찻잔 밑에 몰래 놓고 왔다. 친구에게 도움을 베풀 때도 그의 체면을 세워 주고, 친구가 자신을 은혜를 입는 궁핍한 처지라고 생각하지 않게 하는 것이 우정을 돈독하게 하는 것이다.

꿰뚫는 것은 지혜이고, 폭로하지 않는 것은 분수를 아는 것이고, 인생의 경력과 수양을 나타내는 것이며, 상대방의 입장에서 생각할 수 있는 처세술이다.

자핑와 작가의 친구 중에 말이 느리고 더듬는 친구가 있었다. 어느 날 길에서 누군가 이 친구에게 길을 물었는데, 하필이면 그도 말더듬이었다. 친구는 말없이 손가락으로 길을 가리켰다.

나중에 자핑와가 왜 말을 하지 않았냐고 묻자 "나도 말더듬이고, 그 사람도 말더듬인데 내가 말을 더듬으면 그 사람은 내가 자신을 흉내 내며 놀리는 줄로 알았을 거 아닌가."라고 말했다.

말은 마음의 소리다.
말을 잘하는 사람은
마음속에 사람을 품고 있다.
말하는 것과 말하지 않는 것 사이에 드러나는
행동이 배려 있고 섬세하다면
그 사람 전체가 그러함을 알 수 있다.

사람마다 입은 하나다. 말을 할 수 있다는 것이 곧 말을 잘하는 것을 의미하지는 않는다. 말을 많이 한다고 다 맞는 말을 하는 것도 아니다. 침방울을 튀겨 가며 말하는 것은 적절한 침묵보다 못할 때가 많다. 말하는 것은 매우 어려운 것으로, 무슨 말을 해야 할지 아니면 말아야 할지 고민하는 것은 무척 어렵다.

삼립서회회장의 글

좋은 삶의 철학은 바로 '분수'를 아는 것이다.
사람을 사귈 때 말에 여유가 있고,
남을 존중하고 배려하며 서로를 편안하게 하는 것이
처세의 지혜이다.

힘들 때 별을 쳐다보면 눈앞에 찬란함이 펼쳐질 뿐 아니라,
또 다른 세상도 보인다.

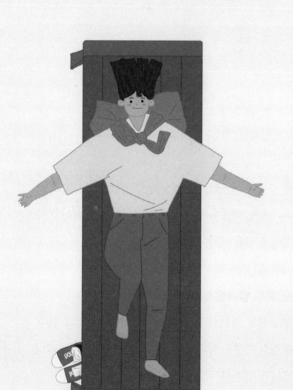

5장
—

끝내 좋은 날이 올 거야 아직은 서툴지만

과거는 프롤로그,
지금부터 인생 시작

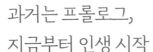

공자는 나이 삼십에 이르러 비로소 어떠한 일에도 움직이지 않는 신념을 세우게 되었다고 한다. 이른바 삼십이립^{三十而立}이라고 하는데 우리는 어떤 신념을 세워야 할까?

결혼을 해야 할까, 말아야 할까?

우리는 오늘날에도 여전히 '남성 중심적인' 사회에 살고 있다. 여성이 직면한 직장 환경은 악의로 가득 차 있다. 미혼 여성사원일 경우엔 회사에서 혹 결혼하지 않을까 신경 쓰고, 결혼한 사원이라면 출산 휴가나 육아 등을 우려한다. 또한 면접 시에도 "결혼했어요? 아이가 있나요? 언제 둘째를 낳을 거예요?"라는 질문을 받는 경우가 많다. 이런 직장 환경에서 30세 이상의 미혼 커리어우먼은 결혼을 엄두도 못 낸다. 그러나 현실은 '서른 살은 여성에게 최고의 출산 연령'이라는 말이 시시각각 우리 주변을 맴돈다. 30세가 넘어서 결혼을 하고 아이를 낳은 여성은 감히 회사를 그만둘 수도 없다.

한번은 화장실에서 눈시울을 붉히는 동료를 봤다. 그날 그녀의 다섯 살 난 딸은 병이 났고 남편은 출장을 갔고, 고객은 계속 수정을 요청하고, 회사에서는 새로운 프로젝트로 야근을 해야 하는 상황이었다. 그녀는 하소연을 하면서 계속 눈물을 흘렸다.

"제가 지금 서른 중반인데 젊은 사람들과 비교해서 제가 무슨 경쟁력이 있겠어요? 필사적으로 밥그릇을 지켜야 해요!"

나는 그런 그녀에게 "잠시 회사를 그만두는 것은 어때요?"라고 물어보았다. 그녀는 처량한 표정으로 이렇게 말했다.

"명심하세요, 여자는 어떤 경우에도 자신의 직업이 있어야 해요."

비록 이 고집이 그녀의 몸과 마음을 아프고 피곤하게 하겠지만, 나는 그녀의 신념을 이해한다.

직업은 그녀가 스스로를 위해 벌어온
독립된 자본이며, 결혼생활에서의 자존심이다.

한 여성은 안정된 일을 하고 있고 임신한 지 얼마 되지 않아 양가에서 저축한 돈을 모아 베이징에 집을 사서 정착했다. 막 31세가 된 그녀는 "제 삶이 한눈에 보입니다. 저는 5년 뒤, 10년 뒤의 내 모습을 상상할 수 있어요."라고 말했다. 그 순간, 나는 31세에 이미 한눈에 바라볼 수 있는 삶이 과연 그녀에게 무슨 의미가 있는지 묻고 싶었다. 전력을 다해서 살면 피곤하고 지치게 마련이다. 정해진 길대로 살면 사람 사는 재미가 없다.

로맹 롤랑의 말처럼 대부분의 사람은 스무 살이나 서른 살에 정신이 죽고 이 나이가 지나면 그림자로 변한다. 그 이후의 인생은 단지 자신을 모방하는 데 쓰고, 이전의 진정한 '인간다웠던 시간'에 말했던 것, 했던 것, 좋아했던 것을 하루하루 반복하는 것에 지나지 않는다. 그러다 반복하는 방식이 점점 기계적이고 박자가 맞지 않게 된다.

삼십이립?

가정을 이루고 아이를 낳는 것은 사회가 기대하는 모습이다. 피곤하고 무감각해지면 마땅히 우리가 살아야 할 모습을 잊고 만다.

삼십이립, 아직도 늦지 않았다

20세기 페미니즘의 선구자, 시몬 드 보부아르는 이렇게 말했다

> 여성들은 분발해서 더 위로 올라가라고 격려받지 않는
> 다. 오직 저 아래로 미끄러져 극락에 도달하라는 격려
> 만 받는다. 그녀가 자신이 신기루에 우롱당했다는 사
> 실을 깨닫게 되면 때는 이미 너무 늦었고, 실패의 모험
> 속에서 힘은 바닥이 났다.

너무 많은 여성이 보부아르의 말처럼 중년이 되면 더 이상 위를
향해 분발할 원동력이 없다.

<승풍파랑적저저> 방송이 처음 시작되었을 때 실시간 인기 검
색어에 오르며 주목을 받았다. 이 서바이벌 오디션 프로그램은 30
대 이상 여성 스타들이 경연을 펼치며 걸그룹으로 재데뷔하는 과
정을 다룬다. 30세 이상의 나이대를 새롭게 정의해 우리에게 자신
의 가치를 추구하는 여성들을 보여 주는 것이다.

32세의 A는 초창기 성적이 부진했지만 여전히 자신감이 넘친
다. 48세의 B는 패기롭게 "내가 자기소개를 해야 한다고? 그럼 수

십 년 동안 헛수고했다."라고 말한다. 52세의 C는 심사위원의 불공평한 말에도 의연하다.

30세, 40세, 50세 이상의 언니들은 자신만만하고 독립적이며 우아하고 여유로웠다. 나이는 그녀들에게 장애가 되지 않았고, 오히려 영광이 됐다. 30세 이상이 되어 자신의 모습을 있는 그대로 받아들이고 살아낼 수 있다는 것은 진짜 어려움을 극복하고 침착한 태도를 지니고 성숙한 지혜와 굳건한 마음이 있다는 것이다.

나의 한 친구는 베이징에서 몇 년 동안 열심히 분투한 끝에 고향에 돌아가서 카페를 차리고 생계를 꾸렸다. 베이징에서 사는 데는 끈기가 필요하지만 끝내는 데는 용기가 필요하다.

경영학과 출신인 그녀는 늦은 나이인 34세 때 법학 공부를 시작했다. 늦은 나이임에도 불구하고 최선을 다한 결과, 올해 그녀는 36세로 시험에 합격해 변호사 자격증을 취득했다.

한번은 내가 그녀 딸의 장난감을 망가뜨리자 그녀는 서슴없이 "아줌마한테 사 달라고 해. 누가 너의 장난감을 망가뜨리면 반드시 배상을 받아야 한다. 상대가 배상하지 않으면, 그 사람에게 우리 엄마가 변호사고 고소할 거라고 말해."라고 말했다.

그 순간, 나는 그녀의 마음속에 자리한 단단한 저력을 느꼈다. 저력은 실력에서 나온다. 수월한 출발점이나 외모와는 관련이 없다. 그녀는 집안 형편이 그리 넉넉한 편이 아니었음에도 시간을 쪼개 가며 공부했다. 그러한 노력으로 오늘날까지 걸어올 수 있었다.

타인의 인정에 갈증 내지 마라.
자신이 먼저 자기를 알아봐 주고
자기 긍정으로 목마름을 채워줘야 한다.
자긍심으로
사회적 시선과 편견에서 벗어나자.
스스로 그들의 표적이 되어줄 필요는 없다.

03

삼십이립, 내면의 절대적인 독립

왕샤오보는 『삼십이립』에 다음과 같이 썼다.

> 문득 가슴속에 전에 없던 강한 갈망이 솟구쳤다. 나는 사랑하며 살아가고 싶었고, 눈앞의 1세를 100세처럼 여기고 싶었다. 나는 생각한다. 고로 존재한다. 내가 존재하는데 존재하지 않는 것처럼 행동할 수는 없다. 어떻

게든 나는 스스로에 대한 책임을 져야 한다.

누군가가 끊임없이 귓가에 대고 말한다. 이 정도 나이가 되면 무슨 일이든 해야 한다. 누군가는 남성 중심적인 시각으로 당신에게 현모양처가 되어 일과 가정을 동시에 챙기라고 요구한다. 누군가는 젊은이들의 문화로 자신을 비춰 보며 예뻐야 하고 몸을 잘 관리해야 한다고 말한다. 하지만 나는 나 자신만 책임지면 된다.

삼십이립, 돈을 버는 속도가 부모가 늙는 속도와 아이가 자라는 속도를 따라가지 못할까 봐 두려워하지 마라. 당신은 내면의 성장 속도만 걱정하면 된다. 삼십이립은 재산이나 지위와 무관하다. 가정을 이루어 자식을 낳는 것도 아니다. 독립적인 생각을 할 수 있는지, 매 순간의 삶을 의미 있게 살고 있는지, 삶의 리듬을 잘 파악하고 있는지가 중요하다.

중국 유명 작가 장팡저우는 9세에 산문집을 출판하였다. 반면 J. K. 롤링은 12번 거절당하고 32세에 『해리포터』를 출간했다. 린 먀오커는 8세에 연극 무대에 오르고 9세에 올림픽 개막식에 섰다. 반면 모건 프리먼은 52세가 되어서야 연예계에서 주목을 받았다.

누구나 각자 인생에 리듬이 있다.
아무도 당신의 서른 살을 정의할 수 없다.

세상의 말에 굴하지 않고 시간에 얽매이지 않기를 바란다.
어떤 나이든 당신은 자신이 되고 싶은
그런 사람이 될 수 있다.

모든 과거는 프롤로그다.
삼십이립!

황꽁즈의 글

싫어하는 것을 할 때
어른이 된다

01

   어느 날 우리 팀에서 채용 면접을 진행할 때였다. 한 지원자가 자신이 앞으로 하게 될 일이 마음에 안 들면 일하기가 힘들 것 같다며 좋아하는 일을 하고 싶다고 당당히 밝혔다. 나는 그녀에게 물어보았다.

   "당신의 이전 직업은 무엇입니까?"

   "요가 강사였습니다."

   "그 일도 싫어했나요?"

   "처음엔 좋아했는데 한참을 하고 나니 싫어졌습니다."

   지금은 좋아하는 게 뭐냐고 물었더니 그녀는 총무 쪽 일을 좋아하고 관련 온라인 강의도 신청해서 들었다고 했다.

그녀는 원하던 대로 총무부에서 일하게 됐다. 그러나 인턴 기간이 채 지나지 않아 그녀는 두 손을 들었다. 총무부는 자질구레한 일이 많은 부서다. 세심함과 인내심, 결단력이 필요한데 그녀는 이 모든 것이 부족했다. 회사에서 이런저런 일들을 처리해야 하는데 막상 일을 시작해 본 그녀는 기대와 다른 현실에 실망한 것 같았다.

회사를 그만둘 때 그녀는 다른 직원에게 "제가 좋아하는 일을 찾아야겠어요. 싫어하는 일은 죽어도 못 하겠어요."라는 말을 남겼다.

그녀는 이제 막 스물네 살이다. 싫어하는 일을 잘 해낼 자신이 없다면 좋아하는 일을 하겠다는 것은 약자의 변명이 될 수 있다.

강자는 버티고 약자는 좋아하는 일에 대해 말한다. '싫다'는 한마디로 노력하지 않은 것과 행동하지 않은 것, 버티지 않을 것을 설명할 수는 있다. 좋아한다는 것은 무엇인가? 그것은 어느 시간대의 짧은 감정을 대변한다. 좋아하는 일이든, 좋아하는 사람이든, 오랫동안 함께하다 보면 그 안에 마음에 들지 않는 점도 있음을 알게 된다.

진행자인 또우원타오는 현재 진행하는 프로그램을 처음부터 좋아하지는 않았다. 하지만 8년간 진행했다. 그는 그 일을 싫어했기 때문에 언제나 잘못할까 봐 걱정했고, 항상 1회 분량을 4~5회

반복해서 녹음했다고 한다.

"어느 날 밤샘 녹화를 마치고 퇴근을 준비하는데 시간이 아침 6시인 거예요. 밖에는 폭우가 쏟아지고 있었어요. 그 순간 제 마음 속에 더 이상 미련조차 없다는 홀가분한 마음이 들었어요."

아무리 맑은 사람이라도,
아무리 순조로운 인생이라도,
아무리 좋아하는 일이라도
한순간 싫어지기도 하고
미련조차 없는 마음이 들 수도 있다.
이것이 평범한 사람의 삶이자 대부분 사람의 삶이다.

몸매를 유지하는 일에서부터 가족을 부양하는 일에 이르기까지 어떤 일이라도 잘하기 위해서는 흥미에만 치우쳐서는 할 수 없다. 노력과 신념, 끈기가 있어야 가능하다.

매사에 좋아하는 것을 말하고, 걸핏하면 자신이 좋아하는 방식으로만 살려고 하는 사람은 세상 물정 모르는 철이 안 든 사람이다. 이런 사람은 멀리하는 것이 좋다. 자신뿐만 아니라 파트너나 동료도 무너뜨린다. 좋게 말하면 예술을 사랑하는 사람으로 자기 좋을 대로 평생을 사는 것이고, 나쁘게 말하면 감정적이고 무책임한 사람이다.

02

나는 부업으로 작은 카페를 운영 중이다. 그런데 이 업종에 종사하는 사람들 중에는 좋아하는 것만 이야기하고 책임은 지려 하지 않는 사람이 제법 많은 것 같다.

한 친구가 동업으로 카페를 차렸다. 동업자는 커피와 베이킹을 특히 좋아하고 카페 창업이 그녀의 오랜 꿈이라고 했다. 언뜻 동업자로서 완벽해 보이지만 창업을 논할 때 꿈을 이야기하거나 일을 하면서 좋아하는 것만 말하는 사람은 신뢰하기 어렵다. 이 점을 유념하면 인생의 99% 구덩이를 피할 수 있다. 이 세상에서 좋아하는 것은 사랑과 마찬가지로 소모품이며, 불꽃놀이처럼 쉽게 꺼지기 때문이다.

카페를 연 지 반 년도 안 되어 그 동업자의 열정 잔고는 바닥이 났다. 제품은 발전이 없었고 관리도 제대로 안 되었다. 심지어 4, 5월이 성수기인데 그녀는 별안간 장기여행을 떠나겠다는 것이었다. 친구는 그녀에게 "비수기 때 여행 가면 안 돼? 간신히 장사 좀 되는데 가 버리면 어떡해."라고 부탁조로 말했다. 그녀는 "안 돼. 일 때문에 내가 좋아하는 일을 포기할 수 없어."라고 단호하게 말했다.

친구는 나에게 "그때 카페를 시작했을 때 카페 차리는 것이 가장 좋아하는 일이라고 그 친구가 호기롭게 말했었잖아…"라며 말을 흐렸다.

좋아하는 것은
마치 아이의 얼굴과 같고 6월의 하늘과 같다.
인생은 길고, 부득이한 일도 많다.
우리는 결국엔
좋아하는 것으로 성공에 도달할 수도 없고,
평생에 걸쳐서 자신이 좋아하는 방식으로 살 수도 없다.

딸 샤오미는 네 살 때부터 피아노를 배우기 시작했다. 나는 아이에게 별다른 요구를 한 적이 없다. 그저 어려서부터 아이가 평범하지만 좋아하는 일을 했으면 하는 바람이었다. 학원에 등록하기 전에 아이에게 피아노 치는 것을 좋아하냐고 물었더니 그렇다고 했다. 그런 샤오미였지만 피아노 연습의 슬럼프가 찾아올 때마다 피아노를 부수고 싶어 할만큼 싫어했다.

한번 인간의 됨됨이를 분석해 보자. 좋아하는 것은 우리의 본능이며 동시에 새로운 것을 좋아하고 옛것을 싫어하는 것도 우리의 본능이다. 본능대로 살아간다면 모든 사람은 실패자가 될 것이다.

교육 자체에는 반드시 반×인성적인 부분이 있다. 음악의 왕자인 주걸륜은 천재이다. 그는 두 살에 콧노래를 부를 줄 알았고, 세 살 때엔 그럴듯하게 노래했다. 친구 집에서 피아노를 만질 때면 피아노에서 떨어질 줄을 몰랐다. 이렇게 음악을 좋아하고 천부적인 재능을 가진 그가 피아노를 배울 때는 어땠을까? 피아노 치기가 너무 싫어서 엄마에게 죽을 만큼 맞았다고 한다.

03

인생은 고달프다. 좋아하는 일을 한다고 해서 인생이 쉬워지지는 않는다. 다행스럽게도 우리에겐 또 다른 인간성이 있다. 바로 성취감에 지배되기 쉽다는 것이다.

좋아하는 일은 산 아래 서서 산의 풍경을 보는 것이고, 성취감은 산 중턱의 전망대에서 아래를 내려다보는 것과 같다.

본능적인 취향과 효과적인 성취감 사이에는 반드시 오르막길이 있다. 이 오르막길을 오르게 하는 것은 '기쁨'이 아니라 '신념'이다.

좋아하는 것 자체는 신념이 될 수 없고, 한결같이 못한 부끄러움을 가리는 천이 될 뿐이다. 유치한 사람은 좋아하는 것을 얘기하고, 성숙한 사람은 책임을 이야기한다. 한 가지 일이 성사되는 데는 반드시 10%의 좋아함과 90%의 책임이 요구된다.

성공은 좋아함과 싫증 사이를 오가며 나선적으로 상승한다. 상승할 때 느끼는 성취감 덕분에 권태로움을 극복하고 아름다운 경지에 도달하게 된다. 좋아함을 지나치게 강조하는 사람은 싫증이 날 때마다 다른 곳으로 자리를 옮긴다. 그렇게 이리저리 옮겨 다니다 보면 기진맥진하여 영원히 산 밑에서만 풍경을 바라볼 수밖에 없다.

서머싯 몸은 "사람은 마음의 안정을 위해 하루에 두 번씩 자신이 싫어하는 것을 해야 한다."라고 말했다. 하루하루 무미건조한 경험들 속에서 좋아하는 것을 신념으로, 취미를 능력으로 바꿔서 자신의 리듬을 찾아보자.

음계의 높낮이가 선율을 만들고 화음을 이룬다.
거기에 리듬이 더해지면 자신만의 곡이 완성된다.
좋아하는 몇 개의 음계로만 곡을 만들면
단조롭고 지루해진다.
당신은 지금 장엄하면서도

위대한 당신의 교향곡을 완성 중이다.
당신의 다양한 일상과 다채로운 관계가
활력과 생기를 불어 넣어준다.
이를 즐겨라.

아이샤오양의 글

특별하지 않아도
편안하게 사는 법

01

몇 년 사이 '부업'이 인기를 끌면서 스타부터 일반인까지 여러 직업을 가진 'N잡러'라는 말이 유행했다. 친구 중에도 부업을 하는 사람이 많은데, 그중에서도 제일 잘하는 사람은 아천이다.

아천의 본업은 작은 회사에서 행정업무를 보는 것이다. 그녀는 매일같이 바쁘게 일해도 한 달에 겨우 60여만 원을 벌어 겨우 굶어 죽지 않을 정도로 살았다. 그런 그녀가 시간을 쪼개 글을 써서 투고했는데, 곧 감성적인 글로 인기를 얻어 작가가 되었다. 매달 들어오는 원고료는 월급의 몇 배에 달했다.

또 그녀는 사회단체를 만들어 쉴 틈 없이 일했다. 우리는 회사를 그만두고 자기 사업에 전념하라고 권했다. 하지만 아천은 오히려 비서를 고용해 자신을 도와 사회단체를 관리하게 했다. 그녀는 "삶의 스트레스가 글쓰기에 대한 사랑을 깰 수도 있지만 좋아서 하는 일로 생계를 유지하고 싶지는 않다."라고 설명했다. 취미가 직업이 되면 안 되는가?

취미는 그냥 취미로만

나의 사촌 언니 천란은 어릴 때부터 '엄친딸'이었다. 예쁜 외모에 피아노를 잘 치고, 재능이 많으면서도 열심히 노력하는 '노력파'였다. 부모가 시키지 않아도 그녀는 매일 스스로 피아노를 연습했다. 사람들은 그녀가 원한다면 앞으로 훌륭한 피아노 연주자가 될 것이라고 말했다. 주변 사람들은 모두 그녀가 음대에 진학해 피아니스트가 되리라 생각했다. 하지만 뜻밖에도 대학입시에서 사촌 언니는 일반 전공으로 지원했다. 주위 사람들이나 친척들은 모두 아쉬워했다. 몇 년간 사촌 언니는 피아노를 위해 너무 많은 것을 바쳐왔기 때문이다. 반면 사촌 언니는 태연했다. 그녀가 말했다.

"한번은 피아노 선생님이 수강생이 부족해 집세를 제때 내지 못하는 것을 봤어요. 나는 피아노로 생계를 유지하지 않기로 했어요. 나는 피아노 치는 그 순간의 황홀함과 집중하는 것이 좋았을 뿐이에요."

아름다움에 대한 인간의 마음에서 우러나오는 사랑이 취미가 된다. 생각만 해도 마음이 설렌다. 알람 시계를 고치다가 톱니바퀴의 구성이 너무나 매혹적이어서 놀라기도 하고, 요리를 배우면서 음식을 만드는 즐거움에 매료되기도 한다.

좋아하는 취미는 삶의 감미료이다.
그러나 감미료만으로 요리를 완성할 수 없다.
일상을 풍요롭게 만들어주고
생활에 풍미를 살려주는 데 만족해야 한다.

$$02$$

취미가 삶의 수단이 될 때 사랑은 스트레스가 된다

나의 동료 아페이는 회사에서 차*를 가장 좋아하는 사람이었다. 그는 차 마시기를 좋아할 뿐만 아니라 차를 깊이 연구하는 것을 좋아했다. 여섯 가지 차 종류와 수백 가지 찻잎들을 모두 꿰고 있었다. 차에 관한 기구와 차를 우리는 요령 등 모르는 것이 없었다. 그는 차를 우려내는 동작이 다예사보다 더 전문적이었다. 차를 맛볼 때면 그는 찻집의 주인보다 차에 대해 더 잘 알았다. 우리는 농담으로 "아페이가 사무원으로 일하는 것은 정말 아까워. 너는 찻집을 차려야 해. 틀림없이 시내에서 가장 인기 있는 찻집이 될 거야."라고 말했다. 아페이도 고개를 끄덕이며 줄곧 지금 하는 일이 자신의 천부적인 재능을 썩히고 있는 것 같다고 수긍했다.

올 연초에 아페이는 어떠한 문제로 회사 사장과 갈등을 빚게 되었다. 이를 계기로 그녀는 정말 회사를 그만두고 찻집을 차렸다. 아페이는 찻집에 온 신경을 쏟았다. 운치 있는 인테리어를 위해 특별히 청석으로 바닥을 깔고 원목 탁자와 의자, 그리고 한쪽 벽에는 커다란 월동창을 냈다. 차를 고르는 데는 더 정성을 기울였다. 찻집을 방문한 동료들은 분위기가 참 좋다고 칭찬을 아끼지 않았다.

그런데 뜻밖에 6개월도 채 지나지 않아 아페이는 찻집을 양도하고 다시 사무원으로 돌아갔다. 누군가 이유를 묻자 그녀는 길게 한숨부터 쉬었다.

"나는 찻집을 차리면 매일 차를 마시며 수다를 떨고 한가로울 줄 알았어. 그런데 매일 눈만 뜨면 지금 매상으로는 아직 임대료며 직원 월급도 해결할 수 없다는 생각뿐이었어. 어떤 차는 재고가 쌓이고 때론 까다로운 손님도 만나고, 매일 이런 힘든 일뿐인데 차 한 잔 마음 편히 마실 시간이 어디 있겠니?"

우리는 자신이 좋아하는 일을
업으로 삼은 사람들을 동경한다.
그러나 취미가 일이 되는 순간 불행해진다는 말이 있다.
취미가 생계 수단으로 변하면
사랑하던 것이 스트레스가 된다.

　모든 사람이 이런 스트레스를 감내하는 것은 아니다. 많은 사람들이 스트레스 속에서 단순한 초심을 잊고, 사소한 것에서 초심의 즐거움을 잃는다.

　어떤 사람은 한 가지 일을 잘하려면 먼저 그 일을 사랑해야 한다고 말한다. 사랑해야만 그 일을 잘할 수 있고, 잘해야만 성공할 수 있다. 그러므로 반드시 자신이 좋아하는 것을 직업으로 삼아야 한다고 말한다.

　그런데 이 이치는 정확하지만, 현실은 천부적인 재능의 차이와 자원의 불균형으로 인해 극히 소수의 사람만이 자신이 좋아하는 일을 하며 뛰어난 기량을 발휘할 수 있다. 대부분의 사람은 최선을 다 해도 보통의 수준에 머무르는 경우가 많다. 게다가 좋아하고 잘하는 분야에서 실패하면 다른 분야에서 실패하는 것보다 더 큰 타격을 받는다.

이 세상에는 영화감독 이안과 장이머우처럼 천부적인 재능과 노력을 겸비하고 취미를 최고조로 끌어올릴 수 있는 사람은 매우 드물다. 많은 사람은 매일 평범하게 반복되는 일을 하며 오직 가족과 직장에 대한 책임감으로 이를 악물고 힘들게 살아간다.

만약 재능이 출중하지 못하다면, 노력해도 최고가 되긴 힘들다. 그렇다면 책임감으로 생계를 꾸리는 것이 적합하다. 취미는 여가 시간을 활용해 즐겨도 된다. 일상에 눌려 만신창이가 되었을 때를 대비하여 진심으로 좋아하는 영역은 남겨 둬라. 그래야 자아를 찾을 수 있다.

그 자아가 사막의 카우보이처럼
자기 길을 걷게 한다.
유유히!
나름의 멋스러움으로!

마멍슈의 글

좋아하는 취미는 삶의 감미료이다.
그러나 감미료만으로 요리를 완성할 수 없다.

중년을 맞는
마음가짐

01

카를 융은 마흔에 대해 이렇게 말했다.

"마흔이 되면 마음에 지진이 일어난다. 진정한 당신이 되라는 신호다." 왕궈전은 <중년이 되어>에서 중년을 이렇게 묘사했다.

중년에 이르러서는 청춘의 빠른 협곡을 이미 지나 비
교적 탁 트인 곳에 와서 여유롭고 맑아진다. 꽃이 졌다
고 탄식할 필요 없다. 앞으로 맺을 열매도 남아 있다.

인간의 본성은 즐거움을 추구한다. 중년의 열매를 누리기 위해

선 적당한 노동과 휴식도 필요하지만, 우리에게 무엇이 유익한 즐거움이고, 무엇이 해로운 즐거움인지 분별할 줄 알아야 한다. 공자는 이렇게 말했다.

"세 가지 취미가 사람을 이롭게 하고, 세 가지 취미가 사람을 해친다. 예의와 즐거움을 기준으로 하고, 다른 사람의 장점을 칭찬하며, 현명한 친구를 많이 사귀게 하는 취미는 모두 득이 된다. 교만하고 무절제하며, 빈둥빈둥 놀고, 술과 음식에 빠지는 취미는 모두의 삶을 해친다."

여기서 공자는 해로운 즐거움을 '교만하고, 빈둥대고, 술과 음식에 푹 빠지는 것'이라고 세 가지로 요약했다.

02

첫 번째 해로운 즐거움은 교만하고 무절제한 즐거움이다. 중년의 나이에 이르면 젊은 시절 고군분투해 왔던 일에서 성과를 얻으며 쉽게 교만해질 수 있다. 그래서 절제할 줄 모르고 제멋대로 행동하는 것이 버릇이 되면 안팎으로 해를 입히게 된다.

후당後唐의 개국황제였던 이존욱은 교만과 쾌락에 의해 파괴된 중년의 모습을 보여 준다. 24세에 왕계를 계승한 그는 어려서는 큰 뜻을 품고 용감하고 지략이 풍부했다. 또한 용맹하여 10여 년 동안 힘껏 사방의 적들을 격파하고 스스로 황제라 칭하며 나라를 건국하였다. 천하를 손에 넣은 그는 향락에 빠져 절제를 모르고 즐기다 결국 중년에 반역자들의 손에 멸망당했다.

중년은 인생과 사업의 전환점이다. 장아이링은 『반생연』에서 "중년 이후의 남자는 눈을 뜨면 주위에 그에게 의지하려는 사람은 있어도 자신이 의지할 만한 사람은 없기 마련이라 외로울 때가 많다."라고 했다. 중년은 위로는 부양해야 할 연로한 부모가, 아래로는 자녀들이 있어 책임질 일이 많아진다. 가족을 위해 분투해야 하고, 힘들어도 멈출 수가 없다.

두 번째 해로운 즐거움은 그럭저럭 시간을 보내며 현실에 안주하려는 게으름이다. 하지만 안일할수록 취약해질 수 있다. 빠르게 변해 가는 세상에 적응하고 공부하지 않으면 도태되기 십상이다. 변화에 따른 대처 능력이 필요하다.

파도가 밀려올 때 우리는 그 방향을 바꿀 수 없다.
우리가 할 수 있는 일은
스스로 수영을 하고 살 수 있는 능력을 갖추어

파도에 잠길 위험을 줄이는 것뿐이다.

중년을 망가뜨리는 것은 평범함이 아니라, 발전하지 않고 답보한 상태이다. 안일하게 현실에 만족해 버리기보다 조금씩 더 발전하는 데서 즐거움을 느껴야 한다.

마지막으로 해로운 즐거움은 술과 음식을 즐기는 것이다. 이것은 끝없이 먹는 것을 즐긴다는 뜻으로 중년층이 자주 하는 회식을 들 수 있다. 회사 회식, 동창 회식, 비즈니스 회식, 접대 등등.

얼마 전 "과식, 업무 스트레스, 오래 앉아 있는 비만이 업무상 재해로 분류되고 업무 접대에도 원인이 있다."라는 내용의 프로그램이 방송되었는데 대중의 격렬한 논쟁을 불러일으켰다. 이처럼 업무 접대가 가져오는 문제는 비단 비만뿐만이 아니다. 고혈압, 고지혈증, 당뇨, 지방간, 위장병을 앓고 있는 중년들을 자세히 살펴보자. 열에 아홉은 회식이 끊이지 않는다. 회식은 건강뿐 아니라 자신과 가정을 앗아갈 수 있다.

운동과 독서를 습관화하고 가족과 함께 하는 시간을 자주 가지면 인생이 행복해진다. 중년이 되면 시간도 귀해지고 건강도 귀해진다. 산 중턱에 선 중년의 인생은 위아래로 치이는 나이여서 쉽지 않다.

중년은 인생의 두 번째 시작이다.

이미 늦었다고 말하지 마라.

아름다운 노을은 아직 하늘에 가득하다.

쾌락에 빠지지 말고, 현실에 안주하지 마라.

가슴에 언덕을 품고, 눈에 산과 강을 담아라.

노를 손에 쥐고, 자기 인생의 뱃사공이 되어라.

쉬웨이의 글

단순할수록
오래간다

01

청년 장창은 1999년, 아내와 함께 상하이로 와서 살림을 차렸다. 그는 직장생활도 해 보고, 전기기술자나 기간제 교사 일도 해봤지만 모두 마음에 들지 않았다. 하루는 좋은 책들이 버려져 있는 것을 보고 그는 갑자기 한 가지 생각이 떠올랐다.

"헌책방을 열자!" 그는 헌책 장사를 하기로 결심하고, 곧장 문학 도서관 앞에 노점을 열었다. 그때는 좋은 책도 많았고 책을 사는 사람도 많았다. 매일 아침, 장창은 가죽 가방 3개를 자전거에 싣고 노점을 채 펴기도 전에 학생들이 모여들어 책을 사 갔다. 이렇게 7~8년 동안 장사를 했다.

그가 책과 인연을 맺게 된 것은 독서를 즐겨 하던 아버지가 퇴역할 때 헌책 100여 권을 가져왔을 때부터였다. 아버지의 영향을 받아 그는 어려서부터 책 읽기를 무척 좋아했다. 세뱃돈을 받으면 친구들은 그 돈으로 간식을 사거나 장난감을 사는 데 썼지만, 장창은 서점에서 동화책 사기를 좋아했다.

초등학교 때 이미 『삼국지연의』를 읽었고 중학교 때는 책에 더욱 매료되어 무협소설과 연애소설을 읽었다. 그는 가지고 있던 책을 다 읽자 슬그머니 교장실에 들어가 그곳에 있는 책들을 읽곤 했다.

02

장창은 2003년까지 노점 일과 서점 아르바이트를 병행했다. 당시만 해도 중국 과학기술 도서 회사의 직원이었던 그는 사장에게 헌책을 사고파는 코너를 열어 달라고 제안했고 사장은 그에게 운영을 맡겼다. 이후 헌책 장사는 갈수록 규모가 커져 2006년에는 서점의 500㎡가 다 헌책 코너가 되었다. 그러다 인터넷의 발달과 보급으로 도서 시장이 내리막길을 걷자 헌책 코너가 폐쇄될 위기에 놓였지만, 장창의 권유로 80㎡는 남겨두었다. 2010년 호주로 건너간 사장은 2015년에 아예 장창에게 서점을 완전히 넘겼다. 이것이 바로 복단復旦헌책방의 역사이다.

이후 헌책 오프라인 매장의 이윤이 낙관적이지 않자, 장창은 공부자구서망(중국 최대 중고책 플랫폼)에 '복단 헌책 상인'이라는 이름으로 서재를 오픈해서 인터넷 쇼핑몰에서 발생하는 이익금으로 오프라인 서점 운영 비용에 보탰다. 주위에서 그 자리에 북카페를 하면 더 사업이 잘 되겠다고 조언했지만 그는 "서점은 책 판매를 주로 해야 한다. 책보다 커피를 파는 게 더 많은 돈을 벌지만 책을 파는 것이 부수적인 것이 되면, 서점이 아니라 카페나 찻집일 것"이라고 말했다.

그는 오로지 책을 팔면 그것으로 충분했다. 그러한 고집으로 독서가들의 순수함을 보호했다. 책만 파는 것은 그의 지조와 기개였다. 그는 이 신념을 20년 동안 지켜 왔다.

시간은 흘러 흘러 2020년이 되었다. 그해 복단문도라는 100미터 거리에 수십 개나 있던 서점이 문을 닫아 지금은 복단헌책방만

남았다. 번화가 한복판에 위치해 자세히 찾아보지 않으면 눈에 잘 띄지도 않는다. 게다가 다른 서점들과 달리 화려한 서가도 없고, 정교한 장식이나 조명도 없다. 오직 책만 있다. 80여㎡의 공간에 5,6만 권의 헌책이 책꽂이 위, 바닥, 계단 위에 사람보다 더 높이 쌓여 있다.

이 책방의 표어는 "책을 위해 독자를 찾고, 독자를 위해 책을 찾는다."이다. 이곳은 책을 찾는 사람들의 세계다. 장창은 이 서점에서 책을 찾는 가장 큰 손님이다. 이 가게의 모든 책은 장창과 인연이 된 이야기를 가지고 있다.

20년의 세월이 훌쩍 지났다. 장창의 마음속에는 언제나 매우 확고한 큰 꿈이 있다. 그의 복단헌책방을 상하이시의 문화 랜드마크로 만들고 싶다는 것이다. 그는 줄곧 이 꿈을 마음에 품고 있다. 그는 자신이 갈 수 있는 가장 먼 곳까지 바람을 안고 가고 싶다고 말한다.

"서점은 한 도시와 한 사람에게 있어
고독을 해결하는 방식이다."라고 누군가 말했다.
나는 서점은 따뜻한 도시의 등불이라고 생각한다.
사람이 있는 곳이라면, 늘 다른 불빛들이 빛나기 마련이다.

길가에 있는 오두막에서,
도심에 굽이굽이 이어진 오솔길에서
불빛은 천천히, 부드럽게 퍼져 나와
그 도시의 영혼을 밝혀 준다.

　　열심히 사는 사람마다 자신이 할 수 있는 일을 느리지만 꿋꿋하게 하고 있다. 마치 장창이 책을 사랑하게 되고, 서점을 차린 것처럼 말이다.

쉬스의 글

서점은 따뜻한 도시의 등불이다.
사람이 있는 곳이라면,
늘 다른 불빛들이 빛나기 마련이다.

반짝반짝 빛나는 인생을 위해

재작년에 아들을 낳았습니다. 아이를 위해 여러 이름을 지어 봤습니다. 은하수, 돌고래, 둔둔(어린이) 이름마다 아들을 향한 저의 사랑이 배어 있습니다. 인생이 아무리 험하더라도 저는 모든 아름다움을 아이에게 주고 보살펴 주고 싶습니다.

그러면 아이는 말을 예쁘게 하고, 온화한 성품과 배려심이 많은 어른으로 자라지 않을까요? 엄마가 되고 나서 부드러움과 너그러움, 활달함과 아이를 향한 그 사랑들이 다른 모든 곳으로 퍼져나가는 것 같습니다.

한 여자에게 가장 큰 성장은 결혼이 아니라 엄마가 된 후 겪는 여러 시련이라고 생각합니다. 우리는 어떤 문제를 깨닫고 어떤 선택을 해야 한다는 공통된 생각과 어려움이 있습니다. 그래서 요 몇 년 동안 줄곧 문학 모임의 친구로서, 글을 통해 서로 다른 환경에 대해 탐구했습니다.

　자회독서회의 콘텐츠 책임자로서 저는 이 책에 실린 글들이 여러분의 삶을 좋은 쪽으로 이끌어 주리라 믿습니다. 그러기 위해 이 글들을 엮기 전에 저는 자신에게 더 엄격하게 요구했습니다. 저는 여전히 부족한 점이 많고 공부해야 할 것이 많습니다. 예를 들면, 자신을 제대로 이해하고 받아들여야 합니다. 저는 공부를 하기 전에 먼저 '스스로'라는 단어를 마음에 새겼습니다. 세상이 어떻게 변하고 남이 어떻게 달라지든 우리가 해야 하는 일은 자기 자신으로부터 시작되기 때문입니다.

　저는 혼자 있을 때는 독서회 친구들과 함께 있는 것처럼, 우리가 함께 있을 때는 마치 혼자 있는 것처럼 하고 싶습니다. 매년 책을 많이 읽고, 글을 많이 쓰고, 회원들을 만나 한 해 동안의 마음가짐을 이야기하고 싶습니다. 비록 우리는 독서회로 모였지만, 저는 독서 외에 더 많은 것을 연구하고 탐구하길 기대합니다. 심지어 저의 마음속 깊은 곳에 있는 기대를 밝히자면 앞으로 계속 함께 성장하고 함께 많은 문제에 직면하고 싶습니다.

사랑하는 독서회 친구들, 여성 여러분, 독서 외에도 피아노, 그림, 태권도, 원예 등과 같은 한 가지 예술을 배우기를 바랍니다. 한 가지라도 정교하게 배우면 됩니다. 만물은 서로 통하기에 이것들을 배우면 자신을 알게 되고, 다른 사람을 더 잘 이해하게 됩니다. 저는 책을 읽는 것 외에도 여러분과 많은 곳을 함께 가 보기를 원합니다. 그리고 주변의 풍경과 느낌을 기록하여 많은 사람에게 사랑과 아름다움을 전할 수 있기를 기대합니다.

마지막으로, 여러분이 제게 항상 물어보는 질문이 있습니다. "가장 좋은 마음 상태는 무엇인가요?"

저는 이 문제에 대해 여러 해 동안 생각해 왔습니다. 조심스럽지만 확신에 찬 마음으로 답변을 드리자면, '기쁨이 있고 근심이 없는 상태'라고 말하고 싶습니다. 이런 사람은 분명히 인생에 대한 깨달음을 얻은 사람이라는 믿음 때문입니다.

앞으로 우리의 인생이 정말 내면에 기쁨이 있고 과거가 준 경험들이 있길 바랍니다. 고통과 슬픔을 겪지 않는 것이 아니라, 그 험난한 길을 걸었고 이기적이고 냉담한 사람들을 만나고 나서도 우리가 모든 기쁨을 마음속에 간직할 수 있길 바랍니다. 그리고 그 고통과 슬픔을 우리가 나아갈 원동력과 양분으로 삼길 바랍니다.

여러분의 인생이 서툴지라도 당신을 응원합니다!

정직은 서로의 피부 속까지 들어가서 살만큼
가까워질 수 있는 유일한 방법이다.

_로이스 맥마스터 부욜

행복의 비결은 자기가 하고 싶은 일을 하는 것이 아니라
자기가 해야 할 일을 좋아하게 되는 일이다.

-제임스 발리

당신의 운명은
당신이 마음먹은 대로 흘러갑니다.

- 랄프 왈도 에머슨